PAOLA
GIOMETTI

UMA COLETÂNEA
DE CONTOS DE TERROR
PARA *NÃO DORMIR*

POST MORTEM

PAOLA GIOMETTI

Dados Internacionais de Catalogação na Publicação (CIP)
(Câmara Brasileira do Livro, SP, Brasil)

Lombardi, Ana Paola Giometti
    Post mortem : uma coletânea de contos de terror para não dormir / Ana Paola Giometti Lombardi. -- 1. ed. -- São Paulo : Ed. da Autora, 2021.

    ISBN 978-65-00-23190-8

    1. Contos brasileiros 2. Contos de terror - Coletâneas I. Título.

21-66088   CDD-808.838

Índices para catálogo sistemático:

1. Contos de terror : Coletâneas : Literatura
        808.838

Maria Alice Ferreira - Bibliotecária - CRB-8/7964

Fotos capa: - Stock photos - OlegRubik, Konradbak, Elisanth, Nejron
via © depositphotos.com
©Nordika / 2021
Publisher: Mona Johansen
Revisão: Sandra Garcia Cortés
Montagem capa: Mirella Santana
Diagramação miolo: Surya Bueno
Ilustrações imagens miolo: Designed by Freepik

PAOLA
GIOMETTI

Dedico este livro ao ator, roteirista e amigo Rubens Mello, que fez e faz do terror uma deliciosa sopa de entretenimento obscuro.

Paola Giometti é bióloga, PhD em Ciências e escritora brasileira, com obras publicadas voltadas ao público Infanto-juvenil. Aos 11 anos foi considerada a escritora mais jovem do Brasil com a publicação do livro Noite ao Amanhecer publicado pela Cassandra Rios. Escreveu a série Fábulas da Terra composta pelos livros O Destino do Lobo, O Código das Águias e O Chamado dos Bisões (Elo Editora), sendo O Destino do Lobo um dos mais acessados na Ubook em 2016. Em 2018 lançou o livro Drako e a Elite dos Dragões Dourados (Lendari), sendo citado pela mídia como "fantasia que reflete sobre as diferenças, ajudando jovens a superar pessimismo e problemas com auto-estima", livro que levou os 6 primeiros lugares do Alien Awards de 2018 por voto popular nas redes sociais, além de nomeá-la a melhor autora nacional no mesmo ano. Em 2020 Paola fez o curso de Storytelling pela Pixar, lançou os livros Symbiosa e a Ameaça no Ártico e Noite ao Amanhecer (Elo Editora), The Destiny of the Wolves (Underline Publisher), do qual foi selecionado como o melhor livro de ficção do mês de dezembro pelo Reedsy Discovery. Paola hoje faz parte do Catálogo Internacional de Escritores Brasileiros, sendo finalista do prêmio Reconhecimento Internacional da Literatura Brasileira promovida pela Academia Internacional de Literatura Brasileira e Focus Brazil New York 2020. Atualmente vive em Tromsø, uma pequena cidade no extremo norte da Noruega, e dá continuidade a carreira literária com a publicação de El Destino del Lobo (Nordika), e no momento escreve O Hibernar do Urso e uma nova série sobre era viking e folclore nórdico dark.

POST
MORTEM

Se você é uma pessoa supersticiosa e que passa muitos apuros após ver um filme de terror, então talvez seja mais adequado fechar este livro. Leia-o com sabedoria, pois ele foi inspirado em fatos por mim vividos ao redor de São Paulo, principalmente num chalé em meio à mata, onde morei por mais de vinte anos. Muitas coisas aconteceram por ali, e convenhamos, lá nunca foi um lugar seguro de se viver, perto de uma represa que, de tão poluída e fétida, os moradores preferiram abandoner suas casas a ter que conviver com o cheiro da morte.

POST
MORTEM

PAOLA
GIOMETTI

SUMÁRIO

POST MORTEM

PEQUENO LINO

Meu nome é Louise e não sei dizer o que estou fazendo. Lembro de ir ao hospital porque senti náuseas e cólicas horríveis, mas algo aconteceu e eu desviei o caminho. Agora estou cá, nesta estranha cidade interiorana, sentada a um banco de um parque admirando um antigo museu desativado. As paredes parecem pintadas pela fuligem gerada por fogo. Deve ter havido um incêndio por aqui.

Uma garoa fina está caindo. É melhor ir para debaixo das escadarias cobertas do pobre monumento que jaz como em uma lápide, revestida pela velha marmoraria que o compõe. Ali permaneço por poucos minutos até escutar um murmúrio de agonia.

Os murmúrios assustados parecem ser uma criança e, assim, decido segui-lo. Sigo o som, circundando a entrada do museu até encontrar uma porta lateral entreaberta como uma fenda de um olho viperino. O murmúrio veio de lá de dentro. Não havia dúvidas de que era uma criança. Tão comum era escutar nos noticiários sobre as pobrezinhas que desapareciam misteriosamente.

Entro nessa gigante e reverberadora caixa de mármore que é o tal museu, enegrecido pelas línguas de fogo, iluminado pela luz que entra por fendas laterais do que já foram fenestras. Uma penumbra cinza sobre alguns móveis antigos e esfacelados, arcos de pedra retorcidos são algumas coisas que vi.

Devem ser sequestradores, falo para mim mesma ao ouvir os murmúrios infantis irem embora, *ou crianças brincando por aqui.*

Estou no átrio do museu. Uma grande escadaria me convida a subir e explorar esse lugar que estava começando a me causar repulsa. Por um momento penso em desistir, mas vejo um rosto leitoso me fitar lá de cima, sobre os balaústres. Sinto o gosto do medo na minha boca. Quero gritar, mas antes que isso aconteça...

– Você está com uma criança, não está? – enfrento o homem.

E, mesmo dizendo aquelas palavras, a redonda imagem branca de um rosto cataléptico continuou ali retesada. Instintivamente caminho para trás e resolvo correr para longe. É melhor chamar a polícia.

Espere, o que é aquilo? A criança está bem ali!, penso ao passar pela porta por onde me adentrei. A poucos metros de abandonar esse lugar, eu a vejo correndo para o outro lado do corredor. Dessa vez tive certeza: ela pediu por socorro.

Meu instinto protetor se apodera de mim mais

do que tudo. Corro atrás da criança, que desaparece no fundo mais negro e sujo do museu. Santos pendurados nas paredes, logo acima de minha cabeça, assistem a tudo e, ao mesmo tempo que isso parece sombrio à minha imaginação, dá-me um pouco de segurança.

Procuro por alas que se abrem em todas as direções. A criança não pode ter ido longe. Olho por debaixo de mesas, por detrás do que havia sobrado de cortinas esfarrapadas, portas de madeira destruídas pelos cupins. Mas não encontro nenhum sinal da amedrontada criança. Logo me ocorre de chamá-la, mas certamente seria encontrada pelo estranho da escada. Ele já deve estar bem atrás de mim, se desconfiar que eu não saí por onde entrei.

Escuto estalidos que me atordoam por longos segundos. Procuro por onde me esconder, até encontrar um espaço estreito entre estranhas pilastras levemente inclinadas. Bem ali eu me encolho bem contra a parede, certa de que em mais um minuto eu seria descoberta.

Seguro a respiração ouvindo os estalidos se misturarem ao maldito som reverberante que os cupins fazem na madeira. Olho para a frente e fico ali, esperando que a ameaça vá embora. Espero. Talvez tenham se passados os maiores cinco minutos de minha vida. Talvez isso fosse apenas o vento ricocheteando nas paredes arruinadas. Quando dou um passo à minha frente, vejo de soslaio um rosto redondo ao meu lado. Um rosto pálido de um moribundo deitado, reclinado como uma garrafa de vinho, acomodado numa pilastra. E não havia somente esse.

POST MORTEM

Fui me esconder exatamente entre estas pilastras que acomodam alguns moribundos. Uns pares de olhares vítreos me fitam horrorosamente. Outros estão com os olhos semicerrados, como deveriam estar. Usam ternos, talvez do melhor tipo, como se estivessem prontos para mergulhar na escuridão de suas covas.

Bato meus olhos na face de uma mulher de cabelos negros e bem penteados. Chocada, vejo em sua expressão um sorriso estático, um olhar azulado e morto, em que um dos olhos deixa pender levemente a pálpebra. Sob a penumbra do anoitecer que se aproxima, a cena me faz pensar que a mulher é o próprio diabo olhando para mim. Uma coisa é certa. Não há dúvidas de que estão todos mortos.

À minha volta, inúmeros pertences pairam silenciosos sobre as mesas. Frascos de perfume importado, enfeites, estranhos óleos de polir que eu também já havia visto no mercado, onde uma porcentagem de formol estava escrita à caneta e do lado de fora da embalagem. Quem quer que tenha feito isso, realizou uma atividade totalmente ilegal, e um museu abandonado era o melhor lugar para esconder coisas perversas assim.

– Senhorita Louise? – soa uma voz masculina bem atrás de mim. O gosto metálico do medo volta à minha boca.

Eu me viro para olhar para o homem. Ele sabia meu nome.

– Ele já está pronto para vê-la – fala com as barbas cinza cintilando na penumbra. Ele mais lembra um andarilho. No entanto, veste camisa e calça social.

Eu o acompanho até uma ala ao lado do meu esconderijo, passando pelos santos dependurados acima de minha cabeça, e vou reconhecendo em todos eles a imagem de crianças moribundas que interagem com objetos, como se fossem estatuetas sacras. Isso me faz entender o motivo de estar ali. Principalmente agora que adentro uma ala com inúmeros caixões menores.

– Este é o seu Lino – fala por detrás do caixão de um recém-nascido.

Por um segundo, tudo à minha volta parece se afastar, diminuir de tamanho. Por um segundo, vejo tudo, como se fosse um pássaro que tem alcance do mundo. Então eu me lembro. Recordo o que houve há três noites, quando perdi meu bebê tão esperado, tão amado por mim. Não aceito perdê-lo, afinal, é o fruto de meu ventre, uma obra minha.

No hospital ouvi uma enfermeira, penalizada com o meu estado e com o trauma da perda que perduraria pelo resto de meus dias, falar do museu e do médico taxidermista.

Apanho Lino em meus braços e beijo a sua fronte, sentindo meu coração desesperado se acalmar. Ele está finalmente em meus braços.

– A senhorita pode trazer vestes de roupas a sua escolha, perfumes de bebê e brinquedos. Se quiser, posso colocar asas nele para que pareça um anjo. Não cobro tanto por asas.

Envolvo-o em meus braços e canto uma canção de ninar.

POST MORTEM

– Eu prefiro levá-lo comigo.

– Aqui não damos esta opção, querida. Já pensou ser parada por policiais na estrada e descobrirem que empalhei o seu bebê? Vamos todos para a cadeia, e seu bebê será enterrado.

Recordo-me do contrato que firmei com o médico. O contrato que me proibia de tirar o corpo do museu.

– A senhora pode me ligar para agendar a visita e ficar com ele.

Respiro fundo e sinto uma lágrima descer.

– Aqui ele será muito bem cuidado, conservado sob o maior capricho. A luz do sol poderia aniquilar todo o meu trabalho, e perderíamos Lino.

Assino o que faltava em um cheque, entrego ao homem e me despeço do meu amado Lino, decidida a alugar uma casa naquela cidade. Eu jamais abandonaria meu filho.

***

Louise sonhou com um vale de névoa, onde viu Lino deitado em uma mesa, diante de um buraco que se abria num barranco. Ela saltou para pegar o filho antes que ele fosse sugado para dentro do covil macambúzio.

Sentou-se na cama, transpirando assustada, sentindo a náusea lhe corroer as entranhas. Jogou os cobertores de lado para se levantar. Foi quando viu o vulto disforme e sombrio de um pequeno, agarrado à sua barriga.

PAOLA
GIOMETTI

O CINZA MILAGROSO

Não se iluda com o meu sorriso.
Estava pensando em qual seria a forma
mais prazerosa de te ver morrer.

(The Joker)

Eu a conheci num dia de outono qualquer. O dia em que a família Mortara a adotou.

Meu papel ao lado de Dominique era como tutor. Sua família havia morrido de gripe espanhola e só um milagre cristão, como costumavam dizer, fez com que a menina fosse imune diante da doença que havia levado milhões de pessoas a superlotar os cemitérios.

É normal crianças não compreenderem o que é a morte. Tudo bem, nenhum de nós está pronto para entendê-la. Não é incomum uma criança que fica órfã repentinamente ainda perguntar por seu pai ou mãe, mesmo sabendo que não vão voltar. Mas Dominique não fazia esse tipo de pergunta. Parecia mais consciente do que a maioria sobre o significado vazio da morte.

A família Mortara se ofereceu para cuidar da menina logo que soube de sua história. Eles tinham um filho da mesma idade de Dominique, e acreditavam que a menina iria fazer bem ao pobre Victor. Ele sofria de paraplegia e, constantemente, se mostrava um tanto abatido, deprimido com a solidão, uma vez que as outras crianças o olhavam com desdém. Mas Dominique, não.

Desde que chegara à mansão dos Mortara, estava sempre com Victor. Ela o levava para passear no jardim e costumavam recitar poesias um para o outro. Senhora Mortara sorria e sentia seu coração tranquilo quando notava que Victor parecia feliz com sua nova irmã, e isso trouxe mais vida ao garoto que era tão tímido.

Soube que era rotineiro o passeio pelo jardim, principalmente antes do anoitecer. A princípio isso aparentava algo inofensivo em crianças que ainda não conhecem a puberdade. Mas aquele não era um simples jardim de casarão. Ele era o maior recinto da mansão dos Mortara e facilmente Dominique desaparecia com Victor carregando sua cadeira de rodas pelo labirinto de folhagens aparadas e passagens sinuosas entre estatuetas de anjos e muros de pedra.

Tanto tempo faz... Acho que mais de trinta anos. Lembro-me como se fosse ontem quando recebi um telefonema do senhor Mortara. Ele estava histérico, e não era por pouca coisa. Não é todo dia que uma criança paralítica surge caminhando. Foi quando atribuíram a Dominique, e a sua presença, um milagre. Então, deslumbrado com aquela notícia um tanto chocante e perturbadora, visitei a família logo que tive uma oportunidade.

Victor parecia bem. Estava caminhando apoiado em uma muleta, ao lado de Dominique, em seu passeio comunal pelo jardim. Nesta mesma tarde o garoto seria examinado pelo seu médico de rotina, e esta foi a oportunidade que tive para ficar um momento a sós com Dominique.

Foi quando me vi diante da oportunidade de questionar aquele milagre e seu segredo. Esperava escutar algo como brincadeiras de criança, jogos de damas ou gamão, talvez até mesmo exercícios físicos que possivelmente os pais de Victor não aprovariam, tamanho era o receio por sua fragilidade. Mas o que Dominique me respondeu não era algo comum de se ouvir.

— Disse a Victor que precisava pedir desculpas a Gigi — disse se sentando e balançando as pernas pensas.

— Gigi? Quem é Gigi?

— É a senhora que jogou Victor do telhado — respondeu como se aquilo fosse a coisa mais comum de se contar.

Sabia que Victor há dois anos havia sofrido uma queda. Escorregou das telhas da casa numa de suas brincadeiras. Ele teve sorte de sua queda não ser fatal. Mas levaria as sequelas daquela brincadeira perigosa até o fim de seus dias. Pelo menos era isso que todos acreditavam, pois nem mesmo a medicina dava qualquer esperança ao pobre menino.

— Gigi é alguma senhora que trabalha para os Mortara? — questionei.

— Gigi é muito idosa para trabalhar. Eu a vejo sempre porque ela mora no jardim.

Diante daquela resposta que mais estava

aparentando uma brincadeira da imaginação de Dominique, resolvi concordar e entrar no jogo.

— E por que ela teria empurrado Victor do telhado?

Dominique mexeu o dedo indicador me chamando para mais perto, como se fosse me contar um segredo ou alguma travessura:

— Porque ele fez xixi— então em seguida riu de forma aguda.

— Certo — decidi continuar com aquele jogo criativo. Estava acostumado a lidar com crianças órfãs cheias de histórias interessantes para chamar a atenção. — E pedir desculpa a Gigi curou Victor? Ela o desculpou, é isso?

— Ela nos deu uma caixa por aceitar as desculpas. Uma caixa com um pó mágico que faria Victor voltar a andar.

— E onde está esta caixa de pó mágico? Você pode me levar até ela?

— Gigi pediu que ela ficasse escondida no jardim, para garantir que ninguém jogasse fora. Ela me pediu que não contasse a ninguém. Espere… ela acaba de dizer que posso contar somente a você.

— Ela lhe disse isso agora? E deixe-me adivinhar — arrisquei. — É por isso que vocês estão sempre passeando no jardim, acertei? Para brincar com essa tal caixa.

Dominique sorriu. Ela levantou num salto e me guiou pelo jardim da mansão correndo, ansiosa por me mostrar aquele presente tão singular que fora capaz de salvar Victor da paraplegia.

Dominique conhecia cada canto daquele lugar. Desviamos duas ou três estátuas de anjos, passamos por debaixo de uma ponte ornamental de pedra e atingimos um espelho d'água. Então, meu olhar atingiu não muito longe dali um telhado afunilado de aspecto gótico, onde no alto pairava melancolicamente a imagem de um anjo desesperado. Estava diante de um mausoléu no jardim da mansão dos Mortara.

— A caixa com pó mágico está aqui... — ao dizer aquilo, fui tomado por um estado de total repugnância.

A porta de ferro ornamentado do mausoléu estava entreaberta. Um lado meu não queria entender a situação que presenciei. No entanto, o meu outro lado compreendeu de imediato o significado da tal coisa entre as pequenas mãos de Dominique.

— Solte isso, Dominique — falei ao notar as mãos da menina com as cinzas nauseabundas de um sepultamento.

Vendo a reação repugnante que expressei, a menina se agarrou ao recipiente como se tivesse medo de que eu fosse perdê-lo.

— Vamos voltar, Dominique! — falei, já perdendo a paciência. — Deixe isso onde encontrou! — e, vendo que ela estava relutante, tirei de suas mãos o recipiente, que caiu e se derramou pelo piso de pedra.

As cinzas se espalharam pelo vento na direção de meus olhos como se um sopro proposital tivesse levantado a poeira. Foi quando me dei conta de que havia inalado aquele resquício de um defunto, ou quem sabe seja mais propício dizer que fui banhado pela morte.

Levei a menina comigo de volta ao casarão, sentindo uma fisgada aguda nas costas. Realmente estava ficando velho para brincar de arrancar caixas funerárias das mãos de crianças. A ponte e as estátuas foram suficientes para que eu não me desorientasse no caminho de volta, vez ou outra apoiando as mãos nas costas e blasfemando contra o mau jeito.

Senhor Mortara havia deixado Dominique de castigo quando soube que a menina violou o túmulo de sua família, indo contra todos os preceitos católicos.

Semanas se passaram e a família estava indecisa quanto a ficar com Dominique. Victor não pôde mais caminhar, voltando ao seu estado franzino na cadeira de rodas. E depois desse acontecimento a senhora Mortara implorou que ficassem com a menina, que ela pudesse devolver o milagre ao seu pequeno Victor.

Quando o frio e a neve tomaram o jardim, numa tarde em que Dominique brincava com Victor em seu quarto, fui visitá-los. Ela me disse que Gigi estava muito chateada comigo, mas ignorei aquele comentário. Levantei-me e senti a dor crônica sobre as costas. Estava longe de me curar daquele mau jeito.

Creio que depois disso tenham se passado três anos. Victor piorava seu estado de saúde e chegou a noite em que se foi enquanto dormia. Os médicos disseram que o diafragma do menino já vinha apresentando alguma fragilidade e ele se queixava de uma estranha pressão sobre o peito ao se deitar. Uma pressão que não o deixava respirar.

Depois desse incidente, praticamente perdi o

contato com os Mortara. A família passou a dividir a vida bucólica com a agitação da cidade, já que a senhora Mortara precisava de cuidados especiais de hospitais que só existiam na metrópole, e Dominique passou a apresentar problemas respiratórios que foram atribuídos à umidade do campo.

Foi quando parei de contar a história ao visitante que notei um olhar de espanto e curiosidade.

— Mas continuo não compreendendo o que o levou a querer um emprego aqui. Desculpe se estiver sendo muito deselegante por perguntar. O senhor tinha uma... reputação como tutor.

— Você é alcoólatra?

— Desculpe? — o homem ficou realmente assustado com aquela pergunta.

— Pergunto se o senhor é dependente químico.

— Bem... — ele estava realmente sem jeito, mas o cheiro no ar não mentia que em seu sangue havia álcool. – Eu tomo *whisky*. Tomo *whisky* para aguentar a dor de uma hérnia.

— Você então já sabe por que escolhi estar aqui — apontei para as costas com o polegar.

— Trabalhar aqui vai fazer você aliviar a dor nas costas? Carregar caixões recheados vai piorar a sua dor!

— Estou aqui em prol do milagre. Do pó... mágico.

Ele me olhou incrédulo enquanto eu sorria. Então tirei uma pequena lata do bolso e em seguida inspirei as cinzas que estavam dentro dela. Senti o cheiro da morte atravessar meus pulmões e aliviar o peso que era estar vivo carregando um corpo tão limitado. Meus brônquios dilataram e o milagre entrou no meu sangue, aliviando-me quase que instantaneamente a dor sobre os ombros.

Então, o homem que estava diante de mim olhou para cima, pétreo. Sei o que ele viu: apoiada sobre minhas costas estava uma velha de olhos escavados, nariz adunco e que levava um lenço que lhe descia pela face cava.

Naquele momento o homem com quem falava correu. Correu bem, para um trôpego viciado em *whisky*.

— Hoje você fica outra vez, não é mesmo, amorzinho? — falei rindo da minha própria condição enquanto fechava os portões do cemitério e me retirava. Entrei num mausoléu silencioso, cheio de cinzas que volitavam sinistramente com a agitação do ar na minha presença. Assim, quem sabe amanhã eu ainda poderia acordar respirando.

Ali, sob o pó milagroso, poderia ter pelo menos uma noite de sono sem ser sufocado pelo peso da morte, que estava sempre me esmagando ao dormir. E, olhando seus olhos vazados, senti seus pés pressionarem meus pulmões como fizeram com o pobre Victor.

Banhado pelo cinza miraculoso, mirei o vulto espectral daquela velha pisadeira, encurvado sobre mim. A mesma velha Gigi, como Dominique a chamava, responsável por matar Victor esmagando-lhe os pequenos pulmões enquanto dormia. E só fui entender quem era Gigi quando há mais ou menos trinta anos vi, na casa dos Mortara, quadros pintados na parede. E lá estava o seu nome: Gioconda — a mais antiga da linhagem dos Mortara que aos sessenta e sete anos havia sido tomada por um estado cataléptico e parou de respirar.

POST
MORTEM

PAOLA
GIOMETTI

OS OLHOS
DO DYBBUK

*A gente não tem ideia de como mudou
até que a mudança já tenha
acontecido.*

Anne Frank

Quando abriu a porta, Liliane olhou bem para o cômodo que irradiava uma luz funérea, banhada de uma atmosfera como a de um covil. Não queria estar ali sozinha, apesar de saber que era a sua última chance. Não tinha mais nada a perder. Precisava encarar o seu problema de frente e ninguém poderia fazer isso por ela.

Pisou no chão acarpetado, avançando adiante e sentindo o estranho cheiro viciado e nauseante que denunciava incensos, parafina queimada. Liliane colocou as suas coisas sobre uma penteadeira. Se tudo fosse como planejara, não seria preciso muitas trocas de roupa. Tirou de dentro de sua maleta com rodas uma caixa de vinho feita de madeira. Havia seguido todas as instruções do rabino para que pudesse estar lá, naquele quarto de hotel. Ele a havia alertado do perigo que correria com a tal decisão. Mas Liliane preferiu que assim fosse.

De dentro de sua bolsa, retirou um pequeno

urso que cabia na palma da mão. Havia uma manivela que, quando girada, tocava tristemente uma música de ninar infantil. Esse era o brinquedo mais antigo de que dispunha, tendo-o guardado por mais de vinte e cinco anos em um baú que não costumava abrir. O dia em que o ganhou era tão pequena que mal podia se lembrar.

Tomou um banho relaxante. Era preciso estar de corpo aberto para que tudo acontecesse da melhor forma. Colocou roupas leves e claras, arrumou a cama de modo que ficasse confortável. Então se deitou. Ficou ali por minutos extensos, até que finalmente, após um respirar prolongado, conferiu o relógio e o pequeno urso ao lado do travesseiro. Estava na hora.

— Você não está sozinha. Eu estou bem aqui com você — falou pegando a própria mão e a acariciando maternalmente com o polegar. — Você nunca esteve sozinha. Não precisa mais se penalizar por tudo o que aconteceu. Você não tem culpa de absolutamente nada — Liliane murmurava para si mesma e começou a chorar. — Não teve culpa quando o monstro fez aquilo com você...

Liliane pegou o urso com força e o apertou com raiva, fazendo o tecido velho se rasgar na lateral do pescoço.

— Como pode alguém que me deu a vida ter feito isso comigo? Acabou com a vida da minha mãe — urrou raivosa. — Acabou com minha vida — ao dizer isso, acertava o urso no rosto como se se punisse, deixando as maçãs ruborizadas com a intensidade dos impactos.

— Sua vida não acabou — voltou a falar consigo com uma voz doce, deixando o urso de lado e voltando a acariciar a própria mão. — Você está viva, e eu estou aqui com você. Você precisa se amar assim como eu amo você.

Liliane acariciou o seu rosto e enxugou as lágrimas. Um desconforto lhe veio ao estômago, um amargor em sua boca e a vertigem fez ora enxergar a penteadeira, ora ter a impressão de estar atrás de si mesma. Um movimento espasmódico a fez se sentar imediatamente antes que vomitasse. Já havia vomitado naquela manhã.

Segurando-se na superfície do colchão, conseguiu apurar a visão e identificou rapidamente a caixa de vinho sobre a penteadeira. Além dela, o espelho refletia o seu rosto cavo. Via olhos fundos e a palidez de um crisântemo, ossos saltados de modo que lhe pareceu um animal desnutrido, uma cabeça calva de onde pendiam alguns fios de cabelos negros.

A mulher se encolheu na cama de imediato, soltando um gemido de choque, como se tivesse mergulhado em água gélida.

— O que você quer?

Liliane sentiu os pelos do braço se eriçarem quando escutou a voz sendo arrotada de seus próprios lábios. Ela só conseguia olhar horrorizada para o espelho.

— E-eu... — soluçou com o pavor. — E-eu quero que v-você vá embora...

Ela viu o sorriso pelo espelho. O sorriso faminto que a levava todos os dias.

— Vou te matar. Falta pouco — a voz veio com um impulso rouco e grotesco de sua garganta.

— P-por favor… Peço que p-pare com isso. Pare de me devorar — Liliane por fim suplicou juntando as mãos. — Por favor, pare de me definhar…

A mulher chorava e tremia com um frio invernal que só ela podia sentir. Via o reflexo de uma mulher que não era ela, tomado por uma caquexia pavorosa e veias elevadas nas têmporas, capilares rompidos em meio às olheiras.

— Já tomei o seu cérebro — rasgou o silêncio gargalhando. — Tomei você para mim. Sua vida me pertence.

— Eu não pertenço a você! — vociferou Liliane, mas viu o sorriso macambúzio voltar a aparecer. Ele pareceu mais perto dessa vez.

— Você me deu a sua vida — sussurrou em seu ouvido. — Esse é o preço a se pagar por manchar a alma com a culpa. Sou seu desespero.

— Me… me deixe em paz! Devolva a minha vida!

— Eu sei que você me quer.

Nesse momento, Liliane sentiu sua perna esquerda repuxar. De alguma maneira ela sentia o toque. Então, uma sensação de prazer subiu pelo seu ventre. A mulher tentou puxar a perna de volta para se proteger, mas não tinha forças para enfrentar o que estava sentindo. Era como quando era criança e tinha que suportar quieta, o monstro.

— Vá embora! — gritou desesperada. — Vá embora e me deixe viver em paz.

Vendo que não conseguia se desvencilhar dos toques, terrificada, passou a se debater. Lutava contra todas as forças que lhe restavam.

— Não quero mais dor, não quero mais dor!

Liliane se contorcia com a sensação de nojo que se espalhou no seu ventre e um arrepio deplorável subiu até os seus seios.

— Não quero você! — gritava. — Não quero você nunca mais!

Sentiu a glote sofrer com os solavancos espasmódicos que diariamente vivia nos últimos meses. Um líquido acre e negro de bile sanguinolenta foi expelido sobre a cama.

— Quero minha vida de volta — ofegou golfando o conteúdo sobre o colo que se lavou num negrume repugnante. — Eu era inocente... era uma criança... — puxou o ar como se este fosse lhe faltar por um segundo. — Por favor, liberte-me.

Liliane foi tomada por uma náusea violenta e a luz de seus olhos se apagou como se tivessem escurecido todas as lâmpadas. Ela sabia que havia deixado alguma luz distante acesa. Tão distante que se impressionou com a sensação de volitar num labirinto circular. Tudo se movia tão depressa que percebeu deglutir o conteúdo gástrico e engasgar com a acidez que agarrava também os seus pulmões.

Quando a discreta penumbra matutina entrou por seus olhos como distantes venezianas, Liliane pensou se havia conseguido sobreviver depois de tudo.

Moveu os dedos das mãos e dos pés. Sentiu o

frio de sua roupa e do travesseiro umedecidos pelos vômitos. O cheiro azedo impregnava o quarto de hotel.

Apavorou-se com a ideia do que encontraria ali ao seu lado. Ela não podia com aquilo de novo. Talvez não tivesse sido uma boa ideia ter ido falar com o rabino. Talvez Yahweh nunca a perdoasse por ter tomado essa atitude.

Quando elevou o tronco e sentou na cama, viu entre suas pernas o lençol sujo por uma espécie de borra, onde grânulos escuros pareciam ainda frescos. Liliane gritou. Levantou-se trêmula. Num ímpeto, arrancou as calças e as jogou no canto do quarto. Encarou terrificada o câncer que havia sido expelido de seu corpo como uma mácula que se decompõe.

Liliane tinha câncer terminal. Havia descoberto há alguns meses, quando o seu útero já estava completamente tomado, e os órgãos adjacentes também estavam comprometidos. Algumas semanas era tudo o que tinha.

Ela já havia escutado histórias sobre *dybbuk* na infância. Crianças costumavam falar de assuntos adultos e proibidos. Até mesmo as judias. Quando o assunto era um *dybbuk* tomando o corpo de uma pessoa, logo todos sabiam.

Liliane havia recebido orientações do rabino da sinagoga que frequentava. Disse a ela que devia procurar o quarto 37 no King Edgar Palace, onde havia preparado o ambiente para que ela pudesse receber o *dybbuk*, do qual afirmou ter visto nas sombras de seus olhos. Para Liliane, seu câncer não passava de autopunição gerada pelo seu próprio corpo, e os vômitos vinham com os quimioterápicos, todos os dias. Mas mesmo assim decidiu ouviu o rabino. No dia anterior levou a caixa de vinho a um artesão para que colocasse uma fechadura. Apanhou o urso do baú onde as lembranças da infância estavam encobertas em poeira. Agora estava ali, diante da massa de células que banhava sua calça com sangue, um tecido fibroso e irregularmente estrelado. Com horror, Liliane fez o que foi orientada a fazer: tremia compulsivamente quando pegou as calças com o câncer e a jogou dentro da caixa de madeira, juntamente com o urso, trancando-a em seguida com chave.

Trocou de roupa e pegou suas coisas como quem foge para jamais ser encontrado. Um pouco relutante, guardou a caixa de volta na maleta com rodas, escondeu as poucas mechas sob um lenço e saiu pela porta com pressa. Atravessou o corredor sentindo a fraqueza em seus músculos a cada passo executado. Saiu pelas portas do hotel, chamou o primeiro táxi que passou e foi direto para a sinagoga.

Quando o rabino a viu com a caixa, deu um passo para trás. Revelou medo nos olhos experientes e levou o Torá ao peito, murmurando algo para si. Estendeu os braços para segurar a caixa como quem segura uma jarra de cristal amaldiçoada e, em seguida, retirou-se para os fundos da sinagoga, onde Liliane mais tarde soube ter sido a caixa de vinho enterrada em segredo. Era a única maneira de manter o *dybbuk* preso.

Ela nunca voltou a falar sobre isso com o rabino e nem mesmo contou a ninguém o que viveu naquela

POST MORTEM

madrugada. O que importava era que seu diagnóstico era bom. Aos olhos dos judeus, a cura de Liliane era um milagre de Yahweh.

PAOLA
GIOMETTI

O POVO DO ESGOTO

Percebi que coisas estranhas sempre estão acontecendo, mas elas tomam importância quando se repetem e alguém as nota.

Quando me mudei para Santos, onde trabalhava com biologia marinha, fui apelidado de Radar. O som que vinha da rua me impedia de dormir, inclusive o barulho do mar. Podia distinguir cantos de pássaros em meio à tempestade. Mas, dessa vez, o ruído que passei a escutar dentro do meu apartamento era novidade — já que tinha acabado de alugá-lo.

A primeira vez que escutei o esquisito som foi dentro do banheiro. Tapei os ouvidos para ver se era um apito no tímpano, já que às vezes entrava água do mar em minhas orelhas. Levei o ouvido ao ralo do box e tive certeza de que o problema vinha de lá. Imaginei se a voz dos vizinhos poderia correr pelos encanamentos. Mas o zelador garantiu que éramos só nós dois, pois estávamos em baixa temporada.

Foi acontecendo noite após noite o tal ruído.

Ficava sentado no box, pensando o que poderia ser, pois já estava me deixando louco. O zelador contou que o prédio fora dedetizado há três meses e não havia ratos, nem mesmo vazamento.

Era mais de meia-noite quando resolvi sair e caminhar um pouco para me livrar dessa perturbação. Talvez, se voltasse com sono, poderia realmente dormir.

Fui até a Praça das Bandeiras, onde mirei o chafariz por minutos inteiros pensando se alugaria outro lugar para morar. Então escutei os sussurros outra vez. Não tive dúvida: eles vinham também das bocas de lobo. Caminhei alerta e liguei a lanterna do celular. Os sussurros ficaram mais intensos e, de repente, pararam. Inclinei-me na direção do bueiro, pois sabia que não estava ficando louco. Imediatamente caí para trás quando duas sombras do tamanho de gatos passaram por cima de mim.

— Merda! — exclamei em choque quando senti os pés úmidos dos ratos.

Ao me recompor, olhei na direção da praça, pressentindo um movimento. Vi um vulto recurvado me observando. O choque não permitiu que me movesse e o cheiro do mar me nauseou. Num caminhar esdrúxulo, a coisa meio humana desapareceu na escuridão.

Recobrando a sanidade, voltei correndo para o prédio. Minhas mãos tremiam com a chave e com o som do ranger da porta que abri. Subi os andares correndo, descobrindo que as luzes dos corredores estavam queimadas. Tranquei o apartamento e caminhei até a sacada para ver o movimento da rua. Tudo parecia intocado. Até os sussurros do ralo haviam desaparecido.

Já era mais de duas horas quando decidi por fim ir me deitar. O dia seguinte seria puxado, pois analisaria a qualidade da água em diversos pontos de praia onde o esgoto costuma invadir o mar como uma língua negra.

Não conseguia tirar da cabeça o que vi. Minha família era católica e acreditava no diabo. A bem da verdade, era um cara cético demais para entender algumas coisas e preferia não questionar. Mas, nesses dias, eu questionei o que vi.

Passei a tarde olhando para as areias com receio. Caminhei pela orla fazendo algumas coletas e prestei atenção nas tubulações de esgoto. Aproximei-me de algumas que tinham quase a minha altura e notei ao lado um nome raspado com cascalho e pintado de branco com guano.

Carmelita?, pensei chocado com a imagem rabiscada de uma mulher que mais lembrava um sinistro busto de santa. Tirei uma foto com o celular e mostraria ao meu amigo Jonas, pois ele havia crescido em Santos e sua avó que era religiosa devia saber do que se tratava.

Fomos nos encontrar para beber na sexta-feira. Contei a ele sobre o acontecido e também mostrei a foto da arte com guano e o nome *Carmelita*.

— Já ouviu falar no Monte Carmelo? — ele perguntou.

— Eu não leio a bíblia.

— E no profeta Elias? Ele viveu uma vida de clausura num tipo de gruta que ficava no Monte Carmelo. Viveu uma vida de retiro e oração.

— Quer dizer que o Monte Carmelo e Carmelita tem alguma correlação?

— Não é um nome estranho para mim, cara. Sério, já escutei minha avó falando nela. Deve ser uma santa ou algo assim.

— Quem iria escrever o nome de uma santa com bosta de pombo no concreto do esgoto?

Jonas gargalhou e deu de ombros passando as mãos nos braços que estavam arrepiados.

— Se eu fosse você, eu bebia, cara. Bebe pra conseguir dormir.

Quando voltei para o apartamento, estava zonzo. Sentei na sacada, senti a brisa e dormi na rede sem ouvir nada, nem mesmo o mar.

Já passava das duas da tarde quando acordei com o celular tocando.

— Acorda, aí, Radar! Cara, falei com minha avó e ela disse que existiu uma Madre Carmelita. Tipo, essa mulher viveu aqui em Santos quando a cidade foi fundada.

— Cê tá falando em mil quinhentos e poucos anos atrás?

— É, Radar. Essa Madre Carmelita parece que viveu no Outeiro de Santa Catarina, que foi tombado e hoje é a sede da Fundação Arquivo e Memória de Santos. Parece que essa madre era uma espécie de parteira no hospital Santa Casa de Misericórdia de Todos os Santos.

Senti um arrepio ao escutar o nome do hospital por onde passava em frente inúmeras vezes.

— Valeu, Jonas.

O ruído voltou quando eram dez e meia da noite. Deixei meu ouvido próximo ao ralo da pia da cozinha, não aceitando que aquilo fosse possível. Os sussurros estalavam e isso perdurou por quase uma hora, até que perdi a paciência e resolvi pegar o binóculo para olhar a praça. Fiquei ali parado até encontrar um movimento estranho. Pensei ter visto alguém embriagado e parado na areia, com o corpo encurvado como se sofresse de uma intensa cifose. Presenciei num átimo de segundo um prolapso dos globos oculares, um cavo olhar que me percebeu na sacada. O pouco que vi foi suficiente para criar toda a imagem daquela coisa. Era como um indivíduo que nasceu com progeria: o pescoço rugoso era longo demais, a cabeça quase não tinha cabelos e era desproporcionalmente grande. Caí para trás num estremecimento. Voltei a procurá-lo por toda a extensão iluminada da praia e não mais o encontrei. Até que outra coisa chamou minha atenção. Levei o binóculo ao poste de luz, onde pude bem ler o nome *Carmolita*. Foi quando pensei ter entendido a voz no ralo dizer arrastada: *...lita... ...elita... ita...*

Não tive dúvidas de que era o nome da Madre sendo entoado nos esgotos. Decidi chamar um Uber e ir ao hospital Santa Casa de Misericórdia.

— Há alguma freira por aqui? — perguntei à recepcionista quando entrei no hospital.

Alcancei uma capela com uma luz funérea e lá vi uma mulher com a camiseta de uma santa.

— O senhor precisa de ajuda?

— A senhora é uma freira? — perguntei e ela me olhou por cima dos óculos pequenos.

— O que posso fazer por você?

— Estou fazendo uma pesquisa sobre Madre Carmelita.

A penumbra não escondeu a expressão de quem não estava muito a fim de falar a respeito.

— Não pode vir em outra hora? Está um pouco tarde para pesquisas.

— Por favor, a senhora perguntou se eu preciso de ajuda e respondi que preciso.

A freira me olhou incomodada.

— A senhora sabe me dizer por que o nome de Carmelita está espalhado por Santos? Nas tubulações de esgoto, postes...

— Você os escutou, não foi?

Fitei-a paralisado e simplesmente respondi que sim com a cabeça.

— Dê-me o seu celular — falou pegando o aparelho e tirando a bateria. Garantia que a conversa não fosse gravada. — Madre Carmelita era uma boa mulher, apesar das cartas que a difamam por ter sido amante de Braz Cubas, o fundador de Santos. Em 1560 era comum as freiras engravidarem, mas a igreja não revela isso. Elas desapareciam das colônias, tomavam chás abortivos, até que seus filhos saíssem de seus ventres. Depois voltavam como quem havia partido em missões.

— Era Madre Carmelita quem realizava os abortos?

A freira me olhou com amargura e simplesmente concordou.

— Madre Carmelita acolheu esses bebês.

— Mas eles não foram abortados?

— Os chás medicinais daquela época não eram tão eficientes. Tinham um composto tóxico que fazia o bebê adquirir síndromes e ser expurgado prematuramente com sérios problemas de má-formação. Madre Carmelita cuidou dessas crianças longe dos olhos da igreja, escondida no meio da mata, protegida pelos homens de Braz Cubas.

— E depois? O que aconteceu a essas crianças?

— Elas cresceram. Receberam educação, aprenderam a escrever. Foram instruídas a se esconder durante o dia e sair somente à noite. Na verdade, levamos mantimentos a elas.

— Elas não teriam como estar vivas. Isso faz mais de quinhentos anos!

— Houve certos tipos de casamento... — gaguejou a mulher.

— A senhora quer dizer que essas pessoas procriaram... E não estão mais escondidas nas florestas, pois foram morar no esgoto... — deduzi.

— Por volta dos anos setenta, quando iniciaram a construção das linhas adutoras de esgoto, foram levados a viver por lá, escondidos dos olhos das pessoas.

— Mas por que não os deixaram viver escondidos na mata? — então me lembrei do desmatamento e da ocupação irregular das áreas florestais. — Quem os levou a viver nos esgotos?

A freira respirou trepidamente e respondeu:

— Fui eu. O cuidado com o povo de Carmelita é levado por uma geração de freiras. Hoje eu sou sua guardiã.

Encostei-me na cadeira. Ela se referia a eles como um povo.

— Eles a veneram como uma santa... — concluí com os olhos paralisados sobre a mesa. — Veneram Madre Carmelita.

— Eles conhecem sua própria história, e sabem que a Madre foi a mãe que seus antepassados nunca puderam ter. Hoje vivem em clausura, como o profeta Elias na gruta.

Quando me despedi, a freira tocou meu ombro:

— Por favor. Peço que não conte a ninguém sobre o que conversamos. Eles são como crianças e nunca estarão prontos para o mundo.

— É o mundo que nunca estará pronto para recebê-los.

***

De madrugada, na Praça das Bandeiras, deixei uma caixa ao chão. Corri de volta para meu apartamento e me posicionei com o binóculo. Em menos de cinco minutos ele apareceu furtivo, quase como um primata encurvado. Abriu a caixa e pegou os presentes: uma cruz de madeira, um farolete com baterias, pacotes de frutas e chocolates. Havia também um envelope com uma carta que dizia: *Olá, meu nome é Ricardo.*

PAOLA
GIOMETTI

MEMÓRIAS DE UM LOUCO

Minha cabeça doía tanto que, se houvesse uma lâmina ao meu alcance, eu a teria separado de meu corpo. Lembro-me apenas de sentir uma grande ânsia antes de ter vomitado sobre mim mesmo. Abri meus olhos e a vertigem tomou conta de tudo. Nada estava no lugar, exceto eu, que, deitado sobre uma maca, acreditava que cairia a qualquer momento daquele mundo torto. Demorou alguns minutos até que a turbidez de minha visão fosse amenizada. Comecei a imaginar o que estava fazendo num quarto que não era o meu.

Quando ergui o braço esquerdo, senti uma tensão no músculo flexor dos dedos e uma insuportável câimbra esmagou alguns milhares de células. Meus movimentos não eram perfeitos e eu não me lembrava de ter uma mão negra costurada a um braço branco encoberto por enxertos de pele escura. A aderência e a extensão dos tendões do punho seriam quase perfeitas, se não fosse por uma grotesca linha de costura que mais parecia um emaranhado de crina de cavalo. Ela travessava minha pele, atando os tendões do braço negro aos nervos de minha mão branca.

Sofri um acidente?, desesperei-me ao ver o braço reconstruído grotescamente.

Cansado e com fome, não havia ninguém a quem eu pudesse pedir ajuda. Girei meus olhos ao redor e repudiei aquele lugar que acreditava ser o quarto de uma clínica. As paredes feitas de tijolos estavam cobertas de bolor, com rastro de umidade por todos os lados.

Mas que diabos!, disse sentindo um odor repugnante que vinha de mim mesmo. Algo pútrido subiu até minhas narinas e logo notei que vinha do pé necrosado costurado à minha perna. O pus negro exalava um odor extremamente medonho. Um líquido fétido escorreu pela maca saindo de fendas em minha pele.

Vomitei. O chão estava coberto de bile. Aquele não era o meu pé, mesmo porque eu calçava 42, e não 48.

Estava nu. Havia centenas de remendos por todo o meu corpo, e o maior corte estava em meu abdômen. Devia haver uns trezentos pontos que cruzavam o meu flanco e desciam em direção à barriga.

Filhos da puta..., pensei querendo acreditar que estava num pesadelo. Lembrava de ter colocado o terno para ir ao trabalho, apesar de não recordar qual era a minha profissão.

Mary tem que saber que estou vivo...

Mary devia estar preocupada. Eu a namoraria aquele dia.

Fiquei petrificado ao imaginar se meu genital

era o legítimo. Na pior das situações, pelo menos o meu sexo ainda era o mesmo.

Procurei firmar os pés e murmurei com a dor. Impossível descrever a sensação de quando me levantei. Os ligamentos nervosos ainda pareciam funcionar, apesar da agonia de senti-los.

Arrisquei um primeiro passo e caí. Bati o quadril no chão e a dor do trauma superou a sensação de um pé em processo de necrose.

Com cuidado, procurei me firmar nas duas pernas. Estremeci ao perceber que elas não tinham mais o mesmo tamanho.

Uma perna de mulher?

Uma raiva descomunal cresceu dentro de mim, desejando matar o desgraçado que havia feito aquilo.

Parece que somos apenas nós, satirizei a minha condição com um riso melancólico.

Escutei passos lentos, pesados, que se aproximavam do quarto. Arrastei-me rapidamente até o encontro da janela, tentando ignorar a dor. Deparei-me com um nevoeiro que impedia o longo alcance de minha visão. Um som marinho vinha logo abaixo.

Alguns tijolos esfacelados faziam um caminho de degraus para além da janela, beirando um desfiladeiro. Eu não sabia se teria força suficiente para me manter ali. Os estreitos degraus de tijolos velhos não suportariam o meu peso caso tentasse passar pela janela e fugir. Passei por ela e me deitei contra a parede. Um vento seco e cortante passou por mim.

Mas um baque revelou que alguém havia entrado no quarto. Meus pés estavam febris, as costuras se desfaziam. Foi quando vi se projetar da janela uma imensa cabeça.

As pupilas da grande criatura me olharam, dilatadas. Não tinha cabelos e parecia sofrer de macrocefalia. Mas o que mais me incomodou foram suas feições de bebê. Seus lábios pequeninos soltaram um gemido semelhante ao de uma criança, e a sua respiração era grotescamente ofegante.

O vento ardia minhas costuras e remendos. Quando a criatura dirigiu os olhos para baixo e de volta para mim, lançou-me um olhar pesaroso que me gerou uma dúvida terrível, e não pude entender se sentiu pena ou se estava sendo petulante.

Meus pés escorregavam no líquido purulento que escorria pelas pedras. Arrastei um pé de cada vez, fazendo força contra a parede para me assegurar de que estava mesmo perto dela. Agarrei-me nos blocos de rocha preparando-me para avançar mais um passo. Senti um dos pontos arrebentar na minha carne, abrindo uma fenda entre as costelas e nos tornozelos. Vi então o gigante com cabeça de bebê esticar seu enorme braço e fechar a minha cabeça entre seus dedos repugnantes e desfigurados.

Meu corpo foi erguido por inteiro até onde a altura que seus olhos pudessem me olhar. Soltou um horrível gemido e senti um cheiro grotesco em sua respiração. O homem-bebê estava completamente nu e me colocou para dentro do quarto, soltando-me ao chão.

Arrastei-me dois metros, segurando minha respiração para não sentir o cheiro repugnante que dele vinha.

– Onde estou?

Ele apenas balbuciou como um recém-nascido e olhou para mim de forma estrábica.

– Quem fez isso comigo? – urrei com ódio.

Arrastei os pés na direção da porta e vi uma escadaria.

Apoiei-me nas paredes para descer. Olhei o enorme bebê que se encolhia nas sombras, mas deixando os olhos à mostra.

– Vá embora, desgraça dos infernos!! – rugi com toda a minha raiva. Então a criatura soltou um berro no ar, como o choro de um recém-nascido.

– Cale a boca!! – tampei os ouvidos. Minha cabeça queria explodir.

A iluminação noturna invadiu as escadarias e vi um imenso jardim seco. A terra estava tão erodida que a poeira voava como uma névoa.

Suava frio. Perdia sangue com os movimentos, e isso aumentou a minha sede. Foi quando um incômodo entre os dedos me fez perceber que os pés estavam encobertos por formigas.

Esfreguei minhas pernas com as mãos até livrar-me de todas elas. Estranhei por um momento a aproximação das aves carniceiras, mas logo entendi que o meu cheiro as atraíra.

Alcancei o outro lado do pátio, observando algumas janelas da monstruosa construção.

Caminhei o mais rápido que pude, ignorando as dores. Mergulhei nas entranhas da escuridão até deparar-me com um corredor iluminado por uma lâmpada incandescente. As paredes estavam manchadas como velhos pergaminhos. *Freezers* e geladeiras antigos estavam espalhados pelos corredores e fiquei imaginando o que encontraria se abrisse aquelas portas.

Abri o primeiro *freezer* e me deparei com inúmeros sacos pretos com conteúdo congelados. Apanhei um deles e vi sua identificação numa etiqueta.

Pulmão em salina – 19/03/57

Espantei-me diante daquilo. Olhei outros órgãos dentro de frascos como rins, corações, intestinos, fígados e cérebros. Todos datados da década de quarenta, cinquenta e sessenta. Num *freezer* maior, encontrei o corpo de um homem negro com os órgãos para fora de sua cavidade abdominal. Os olhos estavam semicerrados, os músculos da face contraídos, seus dentes, visíveis, e a pele, enrugada e cinza.

Eu nunca havia visto um defunto naquele estado, nem gostava de me aproximar de pessoas mortas em funerais.

Quando desviei o olhar, uma antiquíssima geladeira me chamou muito a atenção. Logo que puxei a porta, o bafo de decomposição invadiu os meus pulmões. A fragilidade em que me encontrava fez-me cair encurvado e vomitar outra vez. Minha memória guardou a imagem de três cabeças logo na primeira prateleira. O interior estava totalmente impregnado de bolor negro. Fechei aquela porta e xinguei o desgraçado responsável por aquilo – a geladeira estava fora da tomada.

Quando abri outra, vi uma etiqueta grampeada em uma mão, com a data de 15/05/14.

– Essa é a minha mão! Minha própria mão!

Eu a peguei sentindo um vazio trêmulo em meu interior. Um gaveteiro frio e entreaberto conservava uma de minhas pernas feita em pedaços. Uma raiva enorme me preencheu.

Encostei-me à parede e chorei desnorteado. Fiquei algum tempo caído ao chão, esperando que a febre me matasse.

Ouvi passos e resolvi me levantar. Abri uma porta de ferro e me escondi no interior de um cômodo escuro. Fiquei na escuridão por alguns minutos, e, quando notei que os passos estavam distantes, resolvi acender uma lâmpada, puxando uma pequena corda que encontrei ao lado da porta.

Sobre uma mesa havia um nojento material de dissecção. Um vidro de formol estava tombado, e alguns manuscritos a nanquim estavam borrados.

Centenas de papéis espalhados pela sala revelavam ilustrações de formas anatômicas humanas. Apanhei alguns deles amontoados e lacrados por pastas velhas. Vi papéis amarelados datados de 1811. Imagens de partes do corpo de humanos costurados a animais também estavam lá, além de um contrato para transporte de carga viva pelo Atlântico.

Tentei fazer a leitura de alguns manuscritos. Não foi tão fácil, pois as letras haviam esmaecido, além de outros documentos estarem escritos em outro idioma.

Um dos documentos, que datava o ano de 1840, dizia:

*"Eu bem sei que a mistura de fluidos humanos e fluidos animais não é compatível, já que os anticorpos se odeiam. Mas ainda assim acredito que a cabeça da égua que costurei no lugar da cabeça de Helen possa vencer a putrefação com **Panacea coagulatum,** que é encontrada nas dunas desta ilha. Parece que os fluidos da **Panacea** fazem com que os fluidos da égua se misturem bem aos fluidos de Helen.*

*03/07/1840 – Apliquei **Panacea** em minha amada. Helen obteve melhora na cicatrização.*

06/07/1840 – Interessante foi o fato de vê-la se levantar pela primeira vez, e o pescoço pender para o lado. É certo que os músculos da égua são muito maiores do que os de Helen. Acho que terei que amarrar o seu pescoço para que minha amada não sufoque em si mesma. Será que, mesmo com o cérebro de uma égua, Hellen ainda pensa em mim?"

30/07/1840 – Estou a um passo de descobrir como destruir a rejeição de um órgão ou tecido transplantado entre indivíduos.

Joguei aquelas folhas para longe de mim, e entre elas percebi uma estranha assinatura.

Olum? O que isso significa?, pensei verificando outros manuscritos datados de 1800. Cheguei a encontrar documentos registrados em 2009 e estes também estavam assinados por Olum.

Estremeci ao imaginar há quanto tempo aquele inferno existia, e quem era que assinava Olum com a mesma letra por todos esses séculos.

Escutei uma estranha voz feminina pairar pelo ar. Ela era melodiosa e reverberava por todo o corredor, parecendo querer cantar suavemente e num belo e afinado lirismo.

Esgueirei-me pelo corredor, escondendo-me atrás dos *freezers*. Imaginei quem poderia ter uma voz daquelas e viver naquele inferno. Eu não esperava nada muito belo.

Lá estava ela, seminua, e seus farrapos pendiam sobre os joelhos. Seus cabelos eram cheios e brancos. Até notei que não tinha seios e seus olhos pareciam fundos, além de incluir uma estranha magreza doentia que me fez lembrar uma caveira.

Então um vento bateu contra ela, levantando os farrapos e fazendo-me ver os ossos de seu traseiro feio. A mulher olhou diretamente para mim e abriu a boca rosnando, gritando como uma louca, e, assim, cantou uma melodia escabrosa.

Caminhava devagar ao meu encontro e tive que encontrar forças para correr. Foi quando ela urrou e correu na minha direção.

Atravessei o corredor e abri a porta dos fundos num estouro.

Havia tantos degraus para descer que não sabia mais onde iria parar. Minha carne se abriu próximo ao tornozelo e desta vez a dor me derrubou.

Caí nos últimos degraus e rezei para que os pontos fossem fortes. Acho que desmaiei por três segundos e, quando a louca me alcançou, fui tomado de pânico.

Ela urrou outra vez como quem tentasse cantar. Bateu em minha cara e me chutou. Rolei pelo chão tentando me proteger. Com fôlego, acertei a cara feia e cava com as mãos. A velha levou as mãos ao rosto, e, num susto, percebi que aquilo que estava diante de mim não era uma mulher, mas sim um homem muito velho.

Ele abriu as pernas e sentou sobre o meu ventre, se esfregando em mim e arranhando o meu rosto enquanto cantava aquela melodia infernal. O seu cheiro nauseabundo me fez crer que estava no inferno. Quando consegui segurar os braços do maldito, ele deitou sobre mim e mordeu a minha orelha.

Puxei-lhe os cabelos com força e o golpeei na cara com uma aversão indescritível. Apressei-me a levantar e já havia me agarrado outra vez. Fui jogado ao chão com uma força jamais vista num velho. Senti sua língua nojenta deslizar por meu pescoço.

Um grito saiu de sua garganta ao ser erguido do chão. Ali estava o homem com cabeça de bebê, enfurecido. Ouvi ossos se quebrarem. Aquele foi o momento certo para eu me levantar e ir até umas escadarias iluminadas por tochas.

Senti um cheiro úmido e salobre quando vi um portão entreaberto. Escutei o som de água corrente. Alguns ossos humanos estavam ao chão daquela caverna.

Tive a esperança de encontrar uma saída quando notei um estranho brilho do outro lado, além de um riacho que ia abaixo dos degraus.

Avancei pisando nas águas escuras. Minhas canelas afundaram num lodo viscoso e o sal ferveu a carne costurada.

Senti estranhos pequenos toques nas minhas

pernas e desesperei-me por não conseguir ver o que estava acontecendo. Mas, quando uma dor aguda me atingiu, compreendi que era devorado vivo.

Meus pés se cortaram em lascas de cascalho com aquela corrida de desespero. Quando alcancei o outro lado, a luz fraca de uma tocha iluminou o cardume dos malditos peixes que devoravam minhas feridas.

Deixei meu corpo cair sobre as rochas e vi ligamentos expostos e rompidos. Veio-me a lembrança do homem que eu havia algum dia sido. Tinha uma vida em algum lugar e, naquele dia, o que eu mais queria era poder estar entre as pessoas, ser apenas mais um na multidão alienada em suas rotinas.

Acho que adormeci alguns minutos, mas, quando acordei, senti um calafrio. Um ruído veio acompanhado de um eco e, quando me dei conta, o caminho que havia tomado levou-me a uma discreta gruta fracamente iluminada por tochas.

Aproximei-me ansioso do baú velho e podre. Ao lado havia uma porção de estranhos bonecos de cera com cabelos humanos. Símbolos traçados à madeira desenhavam signos tribais africanos.

Por que alguém esconderia um baú neste lugar?

Estava lacrado por cadeado, mas a madeira mole cedeu com a pressão de meus dedos.

Pensei ter escutado um ruído de correntes serem arrastadas ao chão. E a morte que me consumia trouxe o delírio de estranhos ritmos africanos percussivos. Quando recobrei os sentidos, notei que as batidas nada mais eram do que as ondas do mar se chocando com os paredões do lado de fora.

Vi ao fundo da gruta a imagem de um velho negro esquipático com as órbitas fundas. Parado a três passos de mim, sob a penumbra assombrosa que se formava pela pouca luminosidade, fitava-me com frieza e morbidez.

– Quem é você?

Ele deu um passo para trás, desaparecendo na escuridão. Arrastei-me ao seu encalço, mas lá havia apenas uma parede e um caderno costurado. Abri suas páginas, notando que a febre havia aumentado e, junto com ela, o hálito da morte se aproximava.

Chocado, estremeci com as imagens que vi. Fotos datadas de 1840 revelavam inúmeros negros vestidos com túnicas escuras e bordadas, embarcando num navio. Seriam médicos?

E entre as páginas tinha uma carta:

"Caro Olum,

Sei que deve estar confuso neste momento, e com razão. Você já passou por isso outras vezes e esperamos que você consiga mais esta vez. Aceitar um corpo novo não é simples, uma vez que os resquícios dos impulsos elétricos do antigo dono ainda permaneçam por algumas semanas, fazendo com que você tenha as lembranças de suas sensações. Mas não se deixe enganar. O seu guardião é um bom cirurgião, apesar de parecer uma criança.

Você não pode jamais esquecer, Olum, que faz isso porque sobreviveu à escravidão e seu vodu é tão poderoso quanto qualquer religião que lhe foi imposta pelo branco. Sua ciência e seu vodu provaram ser capazes de aprisionar o espírito ao hemisfério esquerdo do cérebro. É assim que continuamos vivendo no corpo de outras pessoas.

Bom renascimento,

Olum"

O desespero foi tomado por uma estranha calma. Era como se, de repente, soubesse de tantas coisas.

Havia escrito aquela carta há muitos anos. Sobrevivi a oito transplantes cerebrais iguais a este. Mas nesta minha última cirurgia a incompatibilidade com o corpo foi inevitável. Eu já não podia sentir as pernas e uma lassidão tomou conta de meus movimentos.

Fui dominado pelo medo enquanto meus sentidos se tornavam vazios como quando o sono nos golpeia de surpresa, antes do verdadeiro sono. Respirar já não era algo maquinal como fazia quando dormia.

Ao dar o último doloroso suspiro, o som das águas ficou distante e as luzes das tochas esmaeceram. Ouvi milhares de vozes chamarem pelo meu nome, entoando cânticos de ódio e suplício. Fui transportado para salões com velas e sangue, onde inúmeras reverências estavam voltadas para a imagem brilhante de um negro esculpido em ônix.

Havia compreendido que as coisas não estavam perdidas. Não era preciso estar vivo quando se tinha inúmeros vivos para nos venerar em suas seitas.

POST
MORTEM

PAOLA
GIOMETTI

A CHAMA RUBRA

Marco estava a um passo de terminar sua monografia para finalmente poder apresentá-la à banca de psicologia da universidade.

A influência do medo na deturpação nervosa dos sentidos humanos, leu o título do seu estudo. Esse foi o alvo que decidiu se aprofundar para concluir um dos cursos mais difíceis da universidade. Ele já havia mostrado experimentalmente que o cérebro de seres humanos sofria uma alteração quando em contato com um agente agressor.

— Está faltando um último detalhe em sua pesquisa, Marco — disse o professor de fisiologia humana. — Você já estudou o medo dentro das pessoas. Um medo sem existência palpável, mas que, mesmo assim, proporciona experiências físicas e alterações psíquicas, muito palpáveis.

Marco olhou para ele sem entender. Havia um sorriso nos lábios do professor.

— Você precisa de mais um resultado. Dados de campo.

— Dados de campo?

Marco estava confuso, pois faltava pouco mais de um mês para apresentar seus resultados à banca.

— Exatamente. Você deve procurar se o medo do sobrenatural de fato altera a mente humana por consequência do estresse. Ou se, no fundo, há um motivo real para o medo.

— Aonde quer chegar?

Marco percebeu que estava longe de concluir o seu projeto.

— Você precisa ter a certeza de que o imaterial também existe — o professor arregalou os olhos, com certa empolgação.

O aluno olhou para o professor de forma inefável. Não acreditou que ele estivesse falando sério.

— Mas, professor, isto é uma pesquisa científica. Não há como falar de fantasmas.

— Para que serve a ciência, Marco?

— Para desvendar os mistérios do mundo.

— Eis um bom motivo para você entender o imaterial.

— Mas, professor... Eu serei execrado pelos colegas!

— Só se faz a diferença quando se pisa fora da trilha. A trilha já foi feita por outra pessoa. Muitos já caminharam por lá. E por que você não quer sair da trilha? Medo?

O sorriso do rosto do professor reacendeu. Marco sentiu uma pontada de provocação.

— E se eles não existirem? Os tais fantasmas? Eu nem mesmo acredito neles.

— Se não existirem, você poderá concluir seu projeto como qualquer outro. Mas se eles existirem... Você terá que achar um modo de explicar.

Marco olhou para ele de forma sombria. Não fazia ideia de como começar aquilo. Não estava nos seus planos. Então, um cartão foi estendido dos dedos do professor para ele. Ali havia a imagem de uma construção antiga de um estranho hotel da cidade do qual Marco já havia escutado.

— King Edgar Hotel? — leu o estudante.

Marco se lembrou de que, antes de ser um hotel, naquele terreno haviam construído uma escola que funcionou por volta de cinquenta anos, até que boatos macabros fizeram-na ser fechada. Construíram o hotel sobre os escombros da escola.

— É para lá que o senhor quer que eu vá?

— Exatamente. Você tem o tempo que quiser para ficar hospedado. Direi à universidade que faz parte do projeto de pesquisa, e todo custo será coberto.

Marco saiu da universidade, desconcertado.

Isso não está certo!, disse, olhando para o cartão do hotel.

1º de novembro, 22 h

Marco desceu do táxi e olhou para aquela construção antiga e sinistra. Caminhou até a entrada e se deparou com um velho de cabelos lisos curtos e olhar cavo. Ele mancou de uma perna na direção de um balcão de madeira antiga, que ao visitante parecia ter um cheiro desagradável. Ao dar-lhe o documento, Marco viu o recepcionista apontar para um painel de chaves, onde o estudante poderia escolher o quarto que quisesse.

Marco deslizou sua mão pelo painel áspero e apanhou a chave do quarto de número 40. A imagem de um chaveiro com formato de sapato havia chamado sua atenção.

Subiu pelo elevador com cheiro de caixão, onde uma luz branca e fraca zumbia acima de sua cabeça.

Este lugar daria um bom filme de terror, pensou, percebendo que não estava com medo de verdade, apenas admirado com o estilo inusitado do estabelecimento. A porta se abriu no quarto andar e rapidamente Marco seguiu pelo corredor profundo e sombrio, até ver seu quarto.

Inseriu a chave na porta e a abriu com um estalido, sentindo o hálito macabro do mofo que aquele lugar emanava. Tentou acender as luzes, mas as lâmpadas deviam estar queimadas. Viu uma estranha lamparina acesa sobre a mesa de cabeceira, como se já esperasse por algum hóspede.

Fechou a porta e se sentou na cama. Ligou para a recepção.

— Recepção — atendeu a voz do velho.

— Boa noite. Acabei de chegar e meu quarto não tem luz.

— A luz do quarto que o senhor escolheu jamais se acendeu, senhor Marco.

— Então mudarei de quarto! — falou o estudante indignado.

— Não será possível, senhor Marco — a voz do homem era tão maquinal que mais lembrava uma gravação. — São as regras do hotel. Um hóspede jamais pode mudar de quarto.

Marco desligou na cara do recepcionista, xingando a condição em que havia aceitado se colocar. Não aceitou ingressar na ciência para cair na mão dos charlatões espiritualistas.

Cansado com as decepções daquele dia, Marco deitou a cabeça no travesseiro e, com o controle da tevê nas mãos, tentou ligar o aparelho. Estressado por se sentir um idiota, levantou para ver o que estava acontecendo. Foi quando ouviu estalos, talvez vindos do móvel ou da parede, não sabia dizer.

Tocando no aparelho, teve a impressão de ver alguém ao seu lado, saindo pelas paredes, e, quando se virou para olhar, notou que eram apenas manchas que tinham estranhas formas nas paredes, e mais lembravam rostos horrorizados, diversas feições e carimbos de mãos pequenas.

Pareidolia, pensou o estudante ao ver que seu medo o estava conduzindo a ver coisas. *Só posso estar sendo alvo da pareidolia.*

Marco estranhou as formas que viu, mas ignorou-as para não se deixar assustar pelo desconhecido, afinal, ele era um cientista. Sentou-se na cama e sentiu certa vertigem. Notou que havia um estranho par de sapatos quase sob a penumbra dos lençóis.

— Alguém deve ter esquecido.

Quando se deitou, assustou-se ao ver acima

dele o seu reflexo: ao teto um grande espelho revelava o seu susto. Seus olhos miraram aquele grande reflexo, depois riu de seu medo. Mas algo fez seu sorriso desaparecer. Foi atingido de um sobressalto quando percebeu que o par de sapatos não estava mais lá.

Sentando-se na cama, Marco pegou a lamparina e iluminou o quarto escuro, notando que os sapatos, sozinhos, haviam se deslocado até perto da porta. O jovem se arrepiou ao notar uma grande mancha na parede. Uma mancha que mais lembrava a sombra de um homem que calçava aqueles mesmos sapatos, como se olhasse para a sua direção.

Percebendo que estava ficando apavorado, Marco enterrou-se sob os lençóis e virou-se para o lado, tentando adormecer.

***

Acordou com o despertador de seu celular. Olhou a sua volta e viu que a lamparina ainda estava acesa. Levantou-se, pronto para começar o dia e finalmente dar continuidade ao seu projeto.

— Os sapatos — disse em voz alta, notando que eles não estavam mais ali perto da porta.

Incomodado, Marco tentou abrir as janelas, mas logo viu que era impossível, pois as travas estavam completamente emperradas.

Merda de lugar!, pensou enquanto se dirigia à porta, pronto para procurar o gerente. Ao sair do quarto, se deparou com o corredor mal iluminado, sob a penumbra cinza da manhã.

Escutou o balbuciar de uma melodia quando

se deparou com uma estranha figura sentada ao chão, sem braços e com enormes agulhas presas entre seus dedos dos pés.

O olhar de espanto que Marco fez foi o suficiente para a estranha aparição rir.

— Que coisa feia olhar assim para uma pobre velha sem braços — falou com os cabelos brancos e longos jogados na cara. Então riu outra vez. — Nunca viu uma velha tricotar?

— Me... me desculpe, senhora...

— Sou a camareira... Bela.

Ele estranhou.

— Bela?

— Bela Price... Gosto do meu nome, faz-me lembrar o valor que um dia tive. Às vezes, quando me sobra um tempo, eu faço a arte que agora você vê.

Marco olhou para uma grande peça de lã vermelha que ela tricotava. Brilhava tanto que mais parecia uma chama rubra.

— Este quarto tem problemas, senhora.

— Não ter braços creio que seja um problema muito maior do que o seu, não é mesmo?

Marco ficou sem graça com aquela comparação.

— Minha senhora, eu não queria...

— Não precisa se explicar, criança — ela disse sem olhar nos olhos dele, costurando a sua peça. — Se eu fosse você, ficaria longe daqueles sapatos. Mas, se quiser saber para onde eles levam... — ela sorriu com os poucos dentes —, você precisa acender a luz.

Marco olhou para a velha, sobressaltado. Voltou ao quarto e fechou a porta, assustado. Aquilo só podia ser alguma brincadeira.

Ligou para a recepção e pediu uma lâmpada. O jovem que atendeu ao telefone afirmou que não seria possível acender uma lâmpada naquele quarto, caso contrário, queimaria. Mas Marco insistiu.

Em minutos, mandaram o zelador do hotel até o quarto quarenta.

Um garoto vestido com calças rasgadas, jaqueta preta e com as pupilas dilatadas surgiu em minutos, com uma lâmpada e uma escada nas mãos.

Sem nada dizer, o garoto colocou a escada sob o bocal de luz e jogou a lâmpada para que Marco a apanhasse no ar.

— *Smert, smert, smert* — riu o jovem e saiu batendo a porta.

— *Smert?* — repetiu Marco sem entender. Então subiu a escada e inseriu a lâmpada com cuidado.

Um clarão se acendeu e Marco sentiu que a escada estava tombando. Uma dor de cabeça o atingiu de imediato, parecendo desmaiar por um instante. Mas, quando recobrou os sentidos, percebeu que já estava ao chão, sob a sombra de um estranho bosque.

Ao se levantar, viu uma criança ruiva que devia ter no máximo nove anos. Ela estava ajoelhada na terra, recolhendo estranhos objetos sob folhas e pedras. Aproximando-se, Marco percebeu que a pequena não podia vê-lo. Assim, ele ajoelhou-se ao seu lado para entender o que estava acontecendo.

Com as pequenas mãos, a menina separava fotografias e moedas de 1870, e as guardava em um pequeno baú.

Um cheiro terrível invadiu as narinas do estudante, e seus olhos viram um cachorro correr na direção da garota com uma cabeça de bode pendurada na boca.

— Larga isso! — gritou a menina, que correu deixando o baú cheio de moedas e fotos.

— Mas que diabos...

Marco se curvou sobre a terra e pegou as fotos. Viu a imagem de um homem morto sentado numa cadeira elétrica. Imaginou se faziam uso daquele lugar como um bosque cerimonial, onde colocavam suas oferendas. Escavando com as próprias mãos, encontrou também uma caixa de sapatos com a planta de uma grande construção, e uma matéria de jornal de 1870 falando que a Cúria Metropolitana construiria uma grande escola católica em São Paulo.

— O Colégio Católico Santo Augusto...

Abrindo o baú deixado pela menina, encontrou certidões de nascimento de uma família russa de sobrenome Karloff. Moedas russas também estavam entre os objetos, além de inúmeros outros negativos com imagens do mesmo homem em cadeira elétrica, etiquetados com o nome Ygor Karloff. Encontrou fotos estranhas de construções de paredes com partes humanas, de onde se projetavam rostos e mãos abertas que secavam sob o gesso.

— As paredes... — disse Marco ao perceber, entre algumas árvores, uma parede como aquela. Estava bem ali à sua frente. Levantou-se e observou as imagens sombrias e quase vivas, que fizeram lembrar as paredes emboloradas do seu quarto de hotel. — As paredes da escola...

POST MORTEM

Sons de passos deixaram o jovem estudante em alerta. Procurou a sua volta — o som era de sapatos pesados, pisando sobre a terra, acompanhado de sussurros em sua mente que repetiam a palavra *Smert*.

Marco tentou fugir, em vão, e encontrou o corpo da pequena menina ruiva esquartejado e misturado à massa de cimento, preso à parede, delineando os detalhes realistas de um corpo infantil e frágil, compondo a construção daquela escola horrível.

Ao se virar, no momento em que escutou um bufar como de alguém que ri em silêncio, Marco viu um homem agachado ao seu lado. Um homem assustador de olhos vazados com formato de fusos estreitos e dentes pontiagudos, como os de um peixe abissal. Ele sorria horrivelmente em seu silêncio macabro, e seus cabelos ralos e ruivos meneavam com o vento.

— Os sapatos — sussurrou Marco olhando para os pés da criatura que o olhava. Os sapatos pertenciam a Ygor Karloff, e ele estava bem ali, olhando-o de maneira torpe.

Um clarão atingiu suas retinas e uma dor intensa e quente espalhou-se pelo seu rosto. Marco estava ao chão com o rosto sangrando. Gritava assustado, sentindo vidro preso em suas bochechas e testa, passando as mãos e tentando livrar-se dos cacos.

Quando abriu os olhos, estava ao chão de seu quarto, iluminado pela lamparina, a escada caída ao seu lado.

Naquele instante, a porta se abriu e a imagem do garoto zelador apareceu.

— Você não devia ter escolhido o quarto

de número quarenta — disse ele. Somente naquele momento Marco notou os cabelos louros do garoto com reflexos avermelhados. — Eu lhe disse *Smert, seu trouxa.*

— Qual significado disso, garoto?

— *Smert* é morte, em russo, cara. E ele te pegou em cheio. Foi sorte ter sobrevivido. Karloff te deu uma lição. Acho que você entendeu que ele não quer que acenda nada elétrico neste quarto, uma vez que ele morreu numa cadeira elétrica.

— Como sabe o nome daquele assassino? — Marco perguntou com as mãos trêmulas.

— Ele foi meu tataravô. Nós, russos, acreditamos que, quando uma pessoa morre, a alma dela vaga por quarenta dias. Era por isso que ele prendia todos os mortos nas paredes. Para que a alma não fosse embora.

Rindo num deboche, o garoto saiu pela porta. Marco apressou-se para ir embora antes que ficasse para ver o que mais aquele hotel tinha para ele. Havia compreendido que aquela história explicava o motivo da fama aterrorizante do King Edgar Hotel.

***

11 de dezembro

— ...e é por descrever esta experiência que vivi no hotel que afirmo: o medo é uma reação de defesa que pode influenciar nossos sentidos. A coragem com que se enfrenta esse medo é que determinará se a ameaça ao indivíduo pode ser real ou imaginária. — Marco apresentava os resultados que concluiriam o seu curso de psicologia, e um alívio percorreu o seu corpo, por terminar aquele árduo compromisso com uma lembrança macabra.

Ao chegar em casa, viu à sua porta um embrulho sem identificação. Ao abri-lo, encontrou uma carta com os dizeres: *O senhor esqueceu os seus pertences*, e viu um par de sapatos velhos, enrolado por um cobertor rubro tricotado em finos e longos cabelos vermelhos.

PAOLA
GIOMETTI

O CASO DAS ESTÁTUAS DE CARNE

Segunda-feira, 4h40 da manhã

— Venha ver isso, doutor.

O tenente da polícia militar guiou o delegado da 16ª Delegacia por entre o amontoado de pessoas.

— O que foi desta vez?

O plantão de doutor Mitani já estava chegando ao fim quando recebeu uma chamada de rádio da polícia militar, informando um crime. Ele não iria mais para casa naquele amanhecer, e isso o desanimou.

— Não sei dizer se isso é assassinato, doutor.

O tenente foi na frente, abrindo caminho entre os carros da polícia militar e da polícia científica. Os olhos de Mitani atravessaram a fraca luz do amanhecer, e naquele momento as luzes da rua se apagaram. Estava no cruzamento da Rua Botucatu com a Borges Lagoa, quando viu sobre a calçada, em frente ao necrotério da Universidade Federal de São Paulo, um homem nu em condição catastrófica.

Não conseguiu olhar por muito tempo. Então o superintendente da polícia técnico-científica se aproximou.

— Ele está morto? — o delegado apenas perguntou.

— Não, doutor. Mas o caso dele é extremamente crítico — explicou o homem. — As pernas e os braços foram quebrados, mas não apareceram sinais de contusão. Aparentemente alguns ligamentos do rosto também foram rompidos.

Uma máquina fotográfica revelou a Mitani detalhes do que o policial dizia.

— Seja lá quem foi o louco que fez isso, não tinha a intenção de matá-lo — concluiu Mitani olhando assombrado para a vítima viva, quebrada, pregada por pinos no que parecia ser uma mesa. A vítima pareceu acordar de repente, de um êxtase, e começou a gritar com a dor infernal.

***

Dez dias depois, 17h10

Mitani leu os relatórios do crime realizados pelos especialistas e cruzou as informações com as de outros delitos como aquele. Não havia, porém, encontrado nada de interessante que o ajudasse a identificar o criminoso.

Pegou o celular novo, escondido em seu paletó. Ele sempre renovava os *chips* de seus celulares para evitar os grampeamentos de linha com os quais se acostumara a lidar. Então, lutando contra sua vontade, discou um número e a voz séria de uma mulher de meia-idade, atendeu.

— Valentina? — respondeu o delegado. — Quem fala é o delegado Mitani.

Ao ouvir o policial, a mulher pareceu suavizar a voz.

— *Buon pomeriggio*, doutor Mitani. — Pensei que tivesse morrido. Em que posso ajudá-lo, desta vez? — disse ela com sotaque italiano.

Mitani não deixou sua voz vacilar diante daquela piada de mau gosto.

— Preciso vê-la ainda hoje, senhora — falou sem rodeios. — Isso é possível?

— O senhor já conhece a minha exigência. Venha sozinho — a voz da mulher foi precisa.

— Chegarei em uma hora.

— *Bene!*

***

18h05

O delegado apertou a campainha diante do portão de ferro, no Morumbi. Dois homens de terno italiano atenderam a porta. Mitani já conhecia os procedimentos para ver Valentina: tirava o paletó, os sapatos e era totalmente revistado pelos sujeitos, deixando sua *colt.45* com eles.

Quando finalmente entrou, viu Valentina sentada em uma poltrona de veludo vermelho, tomando chá em xícara de porcelana *Capo di Monti*. Ela o recebeu com um sorriso vermelho e com os olhos muito bem delineados. Não era uma mulher tão jovem, mas atraente. Mitani não tinha certeza de sua idade. E jamais perguntaria a ela.

— Sente-se — disse em sua voz de cetim. — Acompanhe-me em meu chá.

Ao dizer isso, um bonito e forte mordomo chegou e o serviu de joelhos.

— *Qualcosa di più, madrina?* — disse, perguntando se ela precisava de algo.

— *Può ritirare, Lorenzo, grazie.*

Ao dizer isso, o mordomo beijou o anel no dedo mindinho da mão de Valentina e saiu, fechando a porta.

— Valentina, preciso de sua ajuda para resolver outro caso.

Aquela mulher conhecia muito sobre o pensamento criminoso. Na opinião de Mitani, Valentina era uma perita em desvendar casos mal resolvidos pela polícia. Era uma criminosa de primeira, controlava a Camorra na região de Nápoles e, com ela, boa parte do tráfico de armas e drogas no Rio de Janeiro e São Paulo, além do contrabando norte-americano de cigarro. Era temida pelos federais, que preferiam evitar expô-la na mídia, pois oferecia boas propinas aos oficiais e ao secretário de segurança pública, com quem mensalmente se reunia para um chá.

Apesar de todas as represálias para não fazer uso dos serviços daquela gângster, Mitani sabia que nada melhor do que uma mente criminosa para entender outra mente criminosa.

— Preciso de sua ajuda para descobrir quem é o louco que está mutilando as pessoas na região da Vila Clementino.

— Eu vi os noticiários — ela comentou oferecendo um charuto Toscano, mas o policial recusou. Com um isqueiro feito em ouro e pérolas negras, ela acendeu seu charuto e tragou. — Em dez dias, já foram três vítimas. Mas por que todas nas redondezas do Hospital São Paulo? — ela olhou para o delegado de forma impassível. Então, um sorriso angular, surgiu.

Mitani se calou, encostando-se ao assento da poltrona. Ele queria saber o que ela tinha a dizer.

— O que será desta vez? — inclinou-se para frente, interessada em ouvir a proposta do delegado.

— O que você quer?

— Passagem livre pela sua região, policial — falou e em seguida tragou, olhando para ele demoradamente. — Passagem livre de carga entre a Mario Cardim até a Buracão.

— Sim — suspirou e respondeu a contragosto ao ouvir o nome das favelas próximas à Vila Mariana. A polícia estava acostumada a lidar com atos corruptos como aquele. Mitani não podia mais deixar que um psicopata torturasse as pessoas daquela maneira. O movimento dos comércios da região estava decaindo por conta dos crimes, e, com isso, os *bicos* de seus policiais estavam rendendo pouco naqueles dias.

— O que descobriram até agora?

— Que o psicopata não mata suas vítimas. Apenas as deixa nas redondezas da Vila Clementino em estado irreversível e catastrófico — respondeu a contragosto. Mitani detestava assumir que nada havia descoberto. Sabia apenas o que diziam os noticiários.

— Pelo que percebi, ele escolhe pessoas com algum valor social. Um mestrando em medicina. Um doutorando em direito penal. Uma doutoranda em filosofia. Não acha que o psicopata tem alguma intenção com isso tudo?

— Psicopatas não precisam de lógica e sentido para atuar na sociedade — interveio o delegado.

— O psicopata quer mostrar alguma coisa, senão isso não faria sentido. Ele oferece sofrimento à vítima, não quer matá-la. Ele deixa para os médicos e para a família decidirem. Ele condiciona a vítima em seu limite. Não é isso?

— Aonde quer chegar?

— O que vocês fazem *con le vittime*? — deu um sorriso singular.

— O que tem isso? — o delegado se exaltou por um momento, sabendo que aquela informação não era necessária. — Nós a levamos para cirurgias imediatas para serem retiradas das mesas em que foram pregadas. E tentamos fazer com que sobrevivam para nos dar uma pista do criminoso.

— E elas sobrevivem?

Mitani olhou para o chão.

— Não passaram de 72 horas. São incapacitadas a falar. Houve um caso em que a vítima não suportou e morreu antes de acordar e ver que estava pregada numa mesa.

— Essa teve sorte — suspirou Valentina. —

Ouvi dizer que o psicopata escrevia nas mesas, com o sangue da vítima, coisas como: *Quiero morir, O amor e a morte* e *Misericórdia.* Não acha que esses nomes podem fazer alusão a obras de arte?

— O quê? — Mitani espantou-se.

— Ele é um artista. E, na visão de um artista, tudo o que ele cria deve receber nome, apesar de deixar-se em anonimato.

— Parece que ele coloca as vítimas em algum tipo de câmara refrigerada — falou sem dar muita atenção à ideia da madrinha. — Os peritos descobriram uma estranha sudorese ocasionada pela condensação da umidade do ar, além de as extremidades do corpo terem ficado escuras mesmo com as vítimas vivas. As câmeras nas ruas só captaram a imagem de um caminhão baú sem placa descarregando as vítimas, sempre pregadas em uma mesa.

— Ele coloca as vítimas em um caminhão-baú, refrigerado. Ele é muito esperto — concluiu.

Mitani não ficou admirado. Ele já havia pensado naquilo.

— Por que iria conservá-las no frio se ele as mantém vivas?

— Imagine que você seja esse assassino — Valentina cruzou as pernas e levantou uma sobrancelha. — Se pretende capturar um homem forte, como o manteria imobilizado? Como conseguiria pegá-lo sem causar-lhe lesões que danificariam a obra de arte?

— Ele atrai as pessoas para o caminhão e as tranca lá dentro? — concluiu. — Mas por que precisa de uma geladeira no interior do veículo?

— Metabolismo. Você diminui o metabolismo com o frio! Assim, a vítima mal conseguirá reagir *per conto di ipotermia*. Você falou pés e mãos escuras? — ela riu. — A vítima é condicionada a um estado hipotérmico. Nunca menos que 31 graus, e por um espaço curto de tempo, de forma que não possa morrer, mas que seja o suficiente para paralisá-la por falta de circulação sanguínea dos membros.

Aquilo fez sentido para Mitani.

— Identificamos conteúdo gástrico nas vias respiratórias — acrescentou ele —, indicando que a vítima possivelmente foi anestesiada antes do procedimento cirúrgico ao qual foi condicionada. Ela deve ter tido um refluxo durante o período em que esteve sedada.

— Então você já sabe a profissão desse psicopata — Valentina sorriu.

— Possivelmente um médico. As vítimas tiveram a musculatura da língua e da boca destruídas. Houve destruição parcial do nervo trigêmeo, dizem os relatórios, impossibilitando a vítima de falar. Com um bisturi, também foram rompidos os ligamentos mais importantes que executam movimentos.

— *Il bastardo* desenvolveu uma técnica para que a vítima, caso sobreviva, jamais possa se comunicar e dizer quem fez aquela atrocidade com ela. *Mio Dio.*

Mitani levantou as sobrancelhas, espantado. Aquilo talvez fizesse bastante sentido. Então, Valentina continuou:

— Depois que é anestesiado, o artista coloca a pessoa na posição que deseja, pois a vítima não sente dor e os músculos estão relaxados. E assim ele nomeia o que arrisco chamar de *obra de arte esculpida em humanos*. Depois de tudo pronto, ele coloca a vítima no caminhão-baú, até encontrar um lugar que chame a atenção para mostrar a sua arte. Até aí, a vítima ainda está sob efeito do sedativo, e a queda da temperatura retarda a metabolização da droga. A vítima, então, continua apagada.

— Então as vítimas despertam e gritam. Assim, a população vê a situação horrível da vítima — concluiu o delegado. — Mas por que ao redor do Hospital São Paulo?

Valentina riu.

— Não está claro *per voi*? Ao criminoso o que interessa são os estudantes da Escola Paulista de Medicina — ao dizer aquilo, seus olhos brilharam. Mitani franziu a testa, desacreditado. — Pense, doutor Mitani, por que o *serial killer* escolheu um estudante de medicina, outro de direito e outro de filosofia? Estudantes modernos gostam de ideais extremistas, não acha? Por que ele deixa suas vítimas vivas, incapacitadas ao redor dos estudantes da Universidade Federal de Medicina mais importante de *questo* país?

Mitani ficou mudo.

— Responda-me, doutor, o que aconteceu depois com as vítimas? Não passaram de 72 horas, por quê?

— Porque a família entrou com um pedido de eutanásia.

Valentina pela primeira vez relaxou, encostando-se a sua poltrona.

— Xeque-mate. Acho que já ajudei o suficiente.

POST MORTEM

***

Uma semana depois

Noticiário

Uma equipe da força tática identificou o caminhão-baú suspeito, que carregava estudantes submetidos a condições de tortura. Estudantes da USP Leste, ao desconfiarem do caminhão que circulava pelos arredores da universidade, fizeram uma denúncia anônima.

O motorista era o estudante de medicina Eric Moratti, da Escola Paulista de Medicina. O delegado Mitani, que investiga o caso dos estudantes torturados na região da Vila Clementino, descobriu que Eric levava as vítimas em seu caminhão, que funcionava como uma câmara fria, até sua casa, localizada no Alto de Pinheiros, onde morava sozinho e executava todo o procedimento cirúrgico das vítimas.

Em seguida, elas eram levadas até a região da Escola Paulista de Medicina e deixadas na rua. A equipe de investigação de Mitani afirma que sangue com o DNA compatível das vítimas foi encontrado na casa de Eric. Mitani ainda afirma que Eric tem uma irmã com câncer em estado terminal, e sugere que o criminoso possivelmente tinha a intenção de atingir os estudantes e professores de medicina da Escola Paulista, deixando as vítimas em estado deplorável para incentivar a liberação da eutanásia em nosso país.

Eric estava armado e, ao reagir contra a polícia, morreu com um tiro no peito.

O Diário de Curitiba

A chefe-geral da UTI do Hospital de Curitiba,

Virgínia Soares de Souza, é presa nesta tarde durante investigação após imagens de uma câmera escondida revelarem que ajustava o oxigênio para menos de 21% em casos de pacientes terminais. Ela está sendo julgada por mais de 23 mortes, incluindo idosos e crianças com câncer.

POST
MORTEM

PAOLA
GIOMETTI

A OUTRA CASA

No entardecer do dia 4 de julho, Lisa olhou para a adornada porta de sua nova morada, agitada por deixar a casa de seus pais, em São Paulo. Sabia que viveria naquele lugar por pelo menos quatro anos, até terminar seus estudos na universidade.

Um sobrado antigo, meio isolado, ninguém morava nele havia muito tempo. Não era muito atraente do lado de fora e talvez isso assustasse um pouco os possíveis inquilinos, mas Lisa o conseguiu por uma ninharia.

Não vejo a hora de tomar um banho e cair na cama, pensou, abrindo o chuveiro e deixando a água cair sobre a sua pele. O vapor a relaxou, então fechou os olhos imaginando que um dia compraria aquela casa e a reformaria. Moraria numa pequena mansão onde aos finais de semana reuniria seus amigos de faculdade para ver filmes e jogar pôquer.

Ali estava o seu refúgio, e, depois de um dia cheio de coisas para resolver, percebeu o cansaço pesar-lhe sobre o corpo.

POST MORTEM

3h00

Acordou num sobressalto quando viu seu celular vibrar e cair no chão. Apanhou-o desorientada, procurando pelo número de telefone que havia lhe mandado uma mensagem. Mas uma estranha imagem surgiu no visor, como um símbolo que mais lembrava o número quatro disforme e borrado.

Mas que diabos é isso?, pensou tentando imaginar quem estaria enviando aquilo no meio da madrugada. Fechou os olhos e caiu no sono mais uma vez.

3h28

Lisa levou um susto quando o celular vibrou outra vez. Viu o mesmo símbolo surgir. Ela nunca havia notado aquele brilho azul neon e estranhou não encontrar nenhum registro na mensagem.

Merda, falou ao ver o vento empurrar as cortinas. Desligou a tevê e fechou a janela. Escutou o celular vibrar sobre o piso do quarto, diante da porta entreaberta. Fechou-a e olhou o aparelho ao chão. Decidiu por fim desligá-lo e colocá-lo na mesa de cabeceira, fingindo para si mesma não estar preocupada. Deitou-se novamente e se cobriu, deixando apenas o abajur aceso.

E quando o cansaço a conduziu ao sono, despertou ao ouvir a porta se abrir num ranger muito lento.

Segurou a respiração. A escuridão do corredor estava ali diante dela e nada podia ver. Esperou alguns minutos, como se aguardasse que algo mais assustador estivesse por acontecer.

Percebendo que estava prestes a entrar em

pânico, levantou sobressaltada e decidiu ir acender a luz do corredor, como se aquilo fosse tranquilizá-la. Mas não encontrou o interruptor, apesar de saber que ele estava bem ali.

Ligou o celular acionando o *modo lanterna*, mas nem assim conseguiu encontrar. Notou estar diante de um estranho corredor cercado por papéis de parede velhos, manchados. Aquele lugar nada se parecia com o que havia alugado há poucos dias. Estranhos e grossos cordões amarrados ao teto pendiam sem sentido até a altura de seus ombros. Em suas mãos, o celular vibrou fortemente quando Lisa ouviu um choro que vinha do lado escuro do corredor. Ela se virou aterrorizada, deixando o celular cair. Então o viu se arrastar a três metros dela, parando diante uma porta entreaberta.

Lisa ficou ali, apavorada. Estava decidida a sair daquela casa. Dormiria em um hotel e, no dia seguinte, devolveria o imóvel.

Caminhou adiante e pegou o celular, olhando para dentro do cômodo. O aparelho se acendeu num vermelho funéreo, exibindo o símbolo quatro em seu visor. Lisa olhou para o interior do que devia ser o seu banheiro, quando viu uma banheira antiga, envolta por uma cortina. Ali havia a sombra de uma pessoa. Uma forte sensação de pânico a atingiu, então correu rapidamente em direção à escada.

Mas em seu caminho notou um grande espelho na parede. Pela luminosidade do celular, pôde ver o reflexo dos cordões dependurados no teto balançarem como se alguém por ali estivesse passando. O vermelho neon estava aceso, e atrás dela pôde ver a imagem deslizante de uma mulher encurvada para trás, olhando para ela de maneira raivosa.

Lisa gritou horrorizada correndo para a escadaria, mas ela não estava mais ali. Alcançou outro corredor e lá encontrou degraus de madeira. Era como se estivesse em outra casa.

Viu uma porta. Deduzindo ser a saída, tentou abri-la em vão. Janelas fortemente lacradas por venezianas emitiam um brilho azulado e noturno para o interior da casa de paredes imundas.

Desnorteada, discou o número da polícia, mas, por mais que tentasse, nada aparecia no visor. Caminhou lentamente, usando o aparelho para iluminar o caminho. Seguiu pelo corredor, notando que os papéis de parede desenhavam em suas manchas olhares estranhos. E, quando viu uma cortina trepidar próximo ao chão, percebeu que ali havia uma passagem de ar.

Uma saída, pensou empurrando a cortina, expondo uma porta velha. Lisa a abriu e, dando um passo à frente, se deparou com uma mesa. Ao chão, viu arames e latões de tinta. Marretas, serras e esmeris estavam presos à parede. Havia também uma pequena passagem de ar no alto, por onde entrava a luminosidade noturna e uma corrente de ar fria.

Procurou uma maneira de subir e alcançar a passagem. Deixou o celular no chão e conseguiu arrastar a mesa com cuidado. Nada a fez olhar para os lados, entretanto viu um brilho vermelho ser refletido nos latões de tinta. Logo atrás, o celular se acendia.

Escutou os móveis rangerem como se estivessem nervosos. Atordoada, notou um movimento na escuridão se aproximar e, por debaixo da mesa, viu uma mulher torta, sem o maxilar, olhando para ela.

A garota saltou para trás, vendo o corpo se deslocar pelo chão de forma assustadora. Pegou o celular rapidamente, pois ele era a única coisa que poderia avisá-la do perigo, e saiu da ferramentaria.

A bateria está acabando, pensou, com muito medo. Olhando para um quadro, que reconheceu ser de Picasso, percebeu o quão medonho era ver os seus traços no escuro. Então, parou diante de uma cozinha, onde o clarão lunar entrava pelas amplas janelas de vidro. Sentiu uma pontada de esperança ao ver que era a sua chance de fugir.

O que é isso?, sussurrou, acreditando ter visto alguém pelo reflexo da grande janela.

Sussurros roucos percorreram a cozinha. A garota viu uma cadeira se arrastar, como se alguém à mesa estivesse se levantando. Esperou que o visor do celular desse algum sinal, entretanto nada aconteceu.

Ela observou o faqueiro e pensou se deveria se armar. Sentiu uma respiração próxima ao seu ouvido e o celular imediatamente vibrou em sua mão. Viu através da janela uma velha com as órbitas oculares negras escorridas pela face cava, e um dedo esguio, com uma enorme unha, apontar para ela. A visão apavorante fez Lisa caminhar para trás, e, quando olhou para o faqueiro, notou que a faca não estava mais lá.

Um movimento contínuo pelo reflexo da

janela fez a jovem perceber que havia mais alguém na cozinha se deslocando com rapidez, e, quando se virou, o breu noturno iluminou uma silhueta cinza a apenas um metro dela. Viu olhos borrados na face de um homem. Um sorriso medonho surgiu lentamente e a faca brilhou viva diante de Lisa.

Ela se apressou a apanhar um recipiente de vidro e o atirou com força contra a janela, estilhaçando-a. A aparição olhou para ela quando a viu subiu no balcão para pular pela janela. E, num rápido movimento, a garota sentiu a faca rasgar-lhe a panturrilha.

Sem parar para pensar, saltou. Havia se cortado com os estilhaços de vidro, mas não havia tempo para se preocupar com aquilo. Levantou-se rapidamente e correu desnorteada pelo jardim. Lisa retirou uma lasca de vidro presa sob sua pele da mão e soprou pequenos estilhaços, vendo o sangue brotar vivo.

Eu vou morrer, falou ao ser atingida por uma náusea horrível, quando viu a fenda aberta na panturrilha e o seu sangue descer pelos tornozelos.

Um movimento seguido de estalos a fez olhar para os velhos telhados do casarão. Olhou o celular e não viu nada além do sinal de que a bateria estava em seu fim. Tomou a atitude de tentar captar algum sinal, erguendo o aparelho para o alto, caminhando ao redor do jardim. Então o celular vibrou e a luz se acendeu naquele neon. Lisa ficou tensa, mas sabia que aquilo era necessário.

Avançando em passos rápidos, viu um caminho com pegadas na lama seca.

Escutou novamente os sons pelos telhados

e olhou para cima alarmada. Uma escada de ferro estava discretamente posicionada nas sombras dos muros altos e que dava acesso à parte superior do velho casarão.

Subiu com cuidado, temendo que o rangido do ferro pudesse denunciá-la.

Sentiu o celular vibrar no bolso, e pensou se realmente devia fazer aquilo que os espíritos a estavam induzindo a fazer. Já no telhado, viu uma pequena janela entreaberta. Aproximou-se e se agachou com dor, vendo a escuridão do aposento devorar a luminosidade noturna que se adentrava no que parecia ser um sótão.

Por favor, me ajude, disse trêmula olhando o celular. Tentava ligá-lo na esperança de que houvesse um resquício de bateria para iluminar o caminho. Sentada no telhado, enfiou as pernas pela pequena janela e viu o breu olhar para ela. Segurou a respiração, pois, em questão de minutos, o *modo lanterna* se apagaria para sempre.

Direcionou a luz para o fundo daquele cômodo, mas somente conseguiu encontrar uma porção de velharias amontoadas em prateleiras e encobertas por tecidos.

Lisa assustou-se com as sombras esbeltas que trepidaram nas paredes, mas ficou aliviada por ver que se tratava apenas de manequins. Objetos de costura lembravam materiais cirúrgicos sobre uma mesa, deixados como se alguém os houvesse utilizado há pouco tempo. Nem poeira havia sobre os objetos.

Aqui.

POST MORTEM

Lisa escutou e olhou para o seu celular num sobressalto. Aquele símbolo estava em seu visor, e mais uma vez o vermelho surgiu.

Aqui.

Lisa estremeceu por não conseguir entender de onde vinha aquela voz.

Venha até mim...

Um arrepio subiu por seu corpo, e os braços ficaram trêmulos ao entender que aquelas palavras vinham do *viva voz*. Uma vibração aguda foi emitida do aparelho, seguida de um chiado. Lisa levantou os olhos e viu algo se movendo entre prateleiras. Apavorou-se.

Deu um passo para trás, e depois outro. Viu algo deitado virar o rosto e olhos brancos a fitaram por alguns instantes. Os músculos expostos e os ossos de um braço penderam para fora da prateleira. Logo abaixo, Lisa viu um quadro com o esboço em carvão de um corpo distorcido. Aquele quadro revelava o formato familiar de um número quatro feito por um corpo humano numa posição impossível. E sob aquele objeto viu uma pequena porta encoberta. O celular voltou para o *modo lanterna* e o que viu na prateleira desapareceu.

Rapidamente afastou aquele quadro que escondia a discreta porta. Ao ouvir choros abafados, sentiu um vento passar perto dela e, em seguida, o celular voar de sua mão e se abrir com o impacto.

Pequenos estalidos seguiram pelo sótão e, em seguida, o ranger dos móveis caiu como um urro rouco e colérico. A luz noturna revelou a sombra e o olhar ameaçador de uma aparição. Então viu o brilho do grande pedaço de vidro na mão daquele vulto, que o arrastava pelo chão, causando um ruído abafado.

Ela abriu a pequena porta, atravessou-a sem conseguir ver o que estava à frente. Lançou-se num breu mortífero, sentindo degraus abaixo de seus pés. Então andou o máximo que pôde, apoiando-se nas paredes e resistindo à dor de seus cortes. Ela sabia que o espírito estava bem atrás dela, pois podia escutar o som do vidro se arrastando pelo chão.

Foi quando viu uma pequena mão espectral chamando-a na escuridão, e, seguindo naquela direção, percebeu que ela a conduzia a uma saleta sob uma escada. Chorando encolhida, agachou-se, segurando a respiração. Apavorada, viu a porta da pequena saleta se fechar com um ruído quase mudo. Sentiu algo tocar o seu pé desnudo quando levou as mãos aos pés e tateou um estranho alçapão.

Uma corrente de ar soprou sob suas pernas, e aquilo lhe deu esperança de que fosse uma saída. Então, puxou com força a tampa de madeira ao mesmo tempo que ouviu a porta da saleta se abrir num ranger e o olhar espectral encará-la com cólera. Lisa atirou-se ao fundo do alçapão, sabendo que aquela era a sua última cartada.

Sentiu um teto baixo e dois ou três degraus por onde se arrastou, engatinhando adiante. Arrastou-se o mais rápido que pôde na direção oposta aos sons das ranhuras do vidro que era arrastado. Então, um impacto a atingiu com força no rosto, e ela sentiu sua mente vacilar. E quando entendeu que seu rosto havia se chocado contra uma parede, fechou os olhos entregue até não se lembrar de mais nada.

Que frio...

Uma estranha luz tocou os seus olhos. Tentou levantar a cabeça, mas um forte torcicolo a fez encolher-se. Levantando o corpo, notou que estava num estranho ambiente com o teto muito baixo. Sentou-se, encostada à parede. Viu uma fraca iluminação entrar por uma pequena janela com grades daquele porão.

Amanheceu. Então seus olhos cruzaram com uma faixa branca riscada ao chão. Ela se aproximou devagar, sentindo suas mãos e joelhos doerem. E, olhando a faixa de perto, viu encostados à parede estranhos objetos — velas derramadas e pequenos talismãs.

Notou lascas de tijolo soltas e, removendo três ou quatro tijolos, descobriu que abaixo dela havia uma caixa de madeira. Aos poucos, Lisa expôs a caixa embolorada, onde uma placa de metal parafusada apresentava o nome *Ed*, gravado.

Meu Deus! Lisa removeu a tampa daquela caixa e em seu interior encontrou uma porção de fotos das obras de arte, assinadas com o nome *Ed*.

Ed escondia-se dos espíritos?, pensou ao ver várias fotos com um homem sentado além da linha branca, envolto por aqueles talismãs e velas acesas. Pensou se foi aquilo que a protegeu de ser morta na madrugada.

Espantou-se ao ver que as fotos daquelas obras de arte revelavam estranhos corpos disformes. Lisa abriu um diárió e ali encontrou artigos de jornais datados da década de 60 que mostravam fotos de crianças, idosos e jovens desaparecidos.

Encontrou também as imagens do preparo de uma das obras de Ed, onde uma jovem foi utilizada após a remoção de sua coluna vertebral. E quando viu a fotografia mostrar o corpo encurvado para trás de forma inumana, começou a entender o que viu na noite passada entre os cordões pensos.

"Mulher sem vértebras", leu chocada, atrás da foto.

E, ao ver uma grande fotografia, Lisa ficou chocada:

"O Primeiro Quatro". Minha primeira obra prima. Tão ousada quanto Picasso. Para as pessoas admirarem uma forma tortuosa e real, além de Guernica. Neste aqui eu tive que romper cada ligamento do joelho simulando contusões que fiz com minhas próprias mãos.

Lisa deixou aquela agenda no mesmo lugar onde a havia encontrado. E, quando saiu do porão, viu que estava no jardim do sobrado que alugou.

5 de julho

— A senhora já sabe para onde irá? – perguntou o corretor da imobiliária.

— Para qualquer lugar longe daqui – respondeu Lisa simplesmente ao ver a polícia remover as caixas com os corpos e as obras de arte de Ed, um artista plástico da década de sessenta que usava pessoas mutiladas em suas obras.

Lisa olhou para a janela de onde era o seu quarto e apontou:

— Aquele quarto foi construído depois?

POST MORTEM

O corretor olhou para cima e balançou a cabeça.

— Quando a imobiliária comprou esta casa em um leilão, demoliram muitos cômodos e construíram outros – então olhou para as mãos enfaixadas de Lisa.

— Tropecei no tapete da escada quando escutei o ladrão entrar – respondeu de forma sarcástica ao olhar com raiva para o corretor.

— Não se preocupe com a janela da cozinha. Nós a consertaremos.

E quando Lisa se virou para deixar aquele lugar de uma vez por todas, um dos policiais veio ao seu encontro.

— Elisabeth! – o homem correu ao seu alcance ao vê-la ir embora com suas malas, para o ponto de ônibus. – Você esqueceu seu celular!

Lisa pegou o aparelho e entendeu o quão perigoso era não conhecer a história de uma casa. Então, seguiu estrada adiante e não olhou para trás em momento algum.

No dia seguinte, após o seu primeiro dia de aula, Lisa estava no banheiro feminino quando viu que a professora de anatomia lavava as mãos diante do espelho, e um discreto colar pendeu de seu pescoço. Viu brilhar um estranho pingente como um talismã com a forma de um quatro torto. Ela olhou para Lisa e abriu um sorriso.

A garota saiu pelo corredor, procurando pelo celular, mas o havia deixado na bolsa. E, antes que acreditasse estar paranoica com o que viu, escutou os passos da professora acompanhado de ranhuras de vidro.

COLEÇÃO FÁBULAS DA TERRA

O Destino do Lobo

Em uma época em que poucos homens ainda compreendiam os animais somente pelo olhar, Kushi, a líder de uma alcateia, teve uma visão de seus ancestrais. Eles lhe mostraram imagens do amanhã e as consequências da união dos lobos com os homens. Agora ela e seus amigos partem em uma jornada perigosa por montanhas geladas em busca de respostas que poderão decidir o destino dos lobos.

O Código das Águias

O frio e a fome oriundos do implacável inverno levou uma aldeia indígena a capturar Hankpa, um filhote de águia que mal havia provado o sabor da liberdade, para auxiliá-los na caça de alimentos. Agora ele se vê diante de um estranho tratado ancestral que o guiará a uma aventura extrema e selvagem, cheia de desafios e responsabilidades. A vida da tribo agora depende dele e do Código das Águias.

O Chamado dos Bisões

Ao longo da migração anual dos bisões, Mika separa-se de sua manada. Diante da solidão desesperadora de um filhote sem proteção e dos perigos selvagens que a cercam, ela terá que confiar em seus instintos e nos conselhos de um velho bisão. Essa é a única maneira de reencontrar o caminho das migrações e entender um misterioso chamado que vem das montanhas.

POST
MORTEM

PAOLA
GIOMETTI

Fonte utilizada no corpo do livro Paladino
Linotype 11/15

POST
MORTEM